© 2006 Jung und Jung, Salzburg und Wien
Alle Rechte vorbehalten
Umschlagbild: David Schnell, „Verschlag, 2004"
© VBK Wien, 2006
Satz: Media Design: Rizner.at, Salzburg
Druck: Friedrich Pustet, Regensburg
ISBN 3-902497-12-2,
978-3-902497-12-3

XAVER BAYER

Weiter

Roman

JUNG UND JUNG

Am ersten Freitag im Dezember letzten Jahres habe ich im Museum für Urgeschichte in Asparn an der Zaya aus dem mittleren der drei Schaukästen in Raum Nr. 2 im ersten Stock einen Faustkeil aus dem Altpaläolithikum gestohlen. Ich habe es nicht vorsätzlich getan. Der Gedanke ist mir erst gekommen, als ich direkt vor dieser Vitrine gestanden bin. Außer mir sind keine Besucher dagewesen. Die Überwachungskamera in der einen Raumecke hat mich nicht sonderlich beunruhigt. Ich habe mein Schweizermesser aus der Hosentasche geholt, die Ahle herausgeklappt und im Schloss an der Seite der Vitrine gestochert, bis ich ein Klicken gehört habe und die Glasplatte hochheben konnte. Ich habe den Faustkeil genommen und ihn in meine linke Manteltasche gesteckt. Wie ich ihn diese Sekunde lang in meiner Hand gehalten habe, hat mich seine Form an einen Schildkrötenpanzer erinnert, das fällt mir jetzt wieder ein. Ich habe an seine Stelle einen ungefähr gleich großen und nicht unähnlich aussehenden Stein vom Flusskieselhaufen, der daneben im rechten Teil des Schaukastens aufgeschüttet war, gelegt, damit der Diebstahl nicht so bald auffallen würde. Dann habe ich den Glasdeckel wieder geschlossen und bin raus aus dem Raum und die Treppen hinunter.

Im Erdgeschoß habe ich vorsichtig um die Ecke geschaut und festgestellt, dass die Kartenkassa, vom Aussehen einer Portierloge nicht unähnlich, unbesetzt gewesen ist. Von der Frau, die mir vor ein paar Minuten die Karte verkauft hatte, ist nur die Strickjacke über der Lehne des Sessels gehangen. Zugleich habe ich draußen eine Kirchturmglocke schlagen gehört und ein Tellerklappern aus dem Raum rechts von der Kassa. Ich habe mir einen Ruck gegeben und mich langsam Richtung Ausgang bewegt. Mein Herzschlag, der plötzlich so stark gewesen ist, dass mein gesamter Oberkörper im Herzrhythmus gezuckt hat, schien mir dabei nicht mehr mein eigener zu sein. Ich bin steifbeinig wie ein Slapstickschauspieler durch das Museumstor und über die kleine Brücke und dann die paar Schritte bis zu meinem Auto gegangen, das ich unter dem Kastanienbaum auf dem Parkplatz vor dem Museum abgestellt hatte. Ich habe die Tür geöffnet und mich hineingesetzt. Den Faustkeil habe ich durch den Mantelstoff fast aufdringlich schwer auf meinem linken Schenkel liegen gespürt. Ringsum ist es still gewesen, man hat nur ein paar Tauben mit ihrem Gurren und dunklen Flöten hören können. Ein Motorradfahrer ist vorbeigekommen, dann ein Radfahrer. Beide habe ich im ersten Moment als mögliche Gegner angesehen oder zumindest als denkbare Störfaktoren im Verlauf, aber sie haben mich keines Blickes gewürdigt. Einige Meter weiter weg ist eine einzelne alte Tele-

fonzelle gestanden, selbst wie ein Museumsstück, und gegenüber dem Parkplatz ist ein leerer, zugeschneiter Kinderspielplatz gewesen. Das Wort „ausgestorben" hat sich mir aufgedrängt, wie es oft geschieht, dass ich etwas sehe und mir dazu ein Wort in den Sinn kommt und nicht mehr verschwinden will. Für ein paar Sekunden bin ich im Unklaren gewesen, ob ich nicht besser zurückkehren und den Faustkeil wieder an seinen Platz legen sollte. Aber dann ist mein Blick auf einen hölzernen Wegweiser vis-à-vis mit der Aufschrift „Historischer Pfad" gefallen, und das hat mich ermutigt weiterzumachen, und ich habe das Auto gestartet.

Ich bin vom Parkplatz vor dem Museum weggefahren, an der Telefonzelle vorbei, links um die Ecke. Im Rückspiegel habe ich einen Fußgänger sich nach meinem Auto umdrehen gesehen. Ich habe überlegt, ob er sich wohl meine Nummer merken würde, weil ich mir auch manchmal die Nummern von Autos merke, auf die ich aus irgendeinem Grund das Augenmerk richte. Ich habe den Weg zurück durch die Ortschaft eingeschlagen, bis zu der Kreuzung, wo einem mehrere Richtungen zur Verfügung stehen. In den Vorgärten mancher Häuser sind mir große Felsbrocken aufgefallen, und ich weiß noch, dass ich mich gefragt habe, ob man sie wohl eigens hierher transportiert hatte oder ob es Findlinge aus einer Eiszeit

waren. Ich bin bei der Kreuzung wieder links abgebogen und habe die Ortschaft hinter mir gelassen, ohne genau zu wissen, wohin ich jetzt fahren sollte. Ein, zwei Kilometer weiter bin ich an der Mündung eines Feldwegs stehengeblieben und habe den Motor abgeschaltet. Ich habe den Kopf gehoben und durch die Windschutzscheibe zum Himmel hinaufgeschaut, der einigermaßen klar gewesen ist, man hat die Sonne noch sehen können. Ein Flugzeug hat seine Spur hinterlassen, die Jetkondensstreifen von anderen Flugzeugen querend, ein Gittermuster aufbauend. Die Wolken sind wie rückwärts über den Himmel getrieben, wie zurückgedrängt oder von einem starken Magneten aus weiter Ferne angezogen. Die Wipfel der Bäume längs der Straße, die höchsten, dünnsten Äste, haben vibriert und gezittert, als hätten sie plötzlich ein Eigenleben. Dann wieder haben sie sich starr jeder Bewegung verweigert, haben wie feine Haarrisse am blaugrauen Himmel gewirkt. Was für eine Grafik, habe ich gedacht und dann das Auto wieder gestartet und bin losgefahren, zurück auf die Landstraße, nur geradeaus, eine Spur auf der nassen Fahrbahn hinterlassend.

Nach einigen Kilometern habe ich in einer Ortschaft auf dem Parkplatz vor einem Wirtshaus angehalten. Das muss in Zwentendorf gewesen sein. Vor der Tür der Gaststätte ist ein alter Mann mit Hut gestanden, der auf mich zu warten schien.

Es hat mich sehr an eine Szene aus einem der letzten Rollenspiel-Adventures erinnert, für die ich eine Rezension verfasst hatte. Ich bin ausgestiegen und zum Wirtshaus gegangen, habe einen Gruß gemurmelt, den der Mann ebenso murmelnd erwidert hat, bevor er sich umgedreht hat und im Inneren des Hauses verschwunden ist. Ich bin ihm gefolgt. In der menschenleeren Gaststube habe ich meinen Mantel ausgezogen und ihn vorsichtig auf die Sitzbank an einem der Tische gelegt, damit der Stein in der Tasche nicht auffällig laut an das Holz schlagen würde, dann habe ich daneben Platz genommen. Der Tisch ist hoch gewesen und die Bank zu niedrig, was zur Folge hatte, dass ich mich wie zu klein geraten gefühlt habe. Der alte Mann hat seinen Hut an einen Haken an der Wand gehängt und mich gefragt, was ich denn haben möchte, und ich habe einen Kaffee bestellt. Nachdem er die Tasse mit zittrigen Händen serviert hatte, so sehr zitternd, dass auch die Untertasse voller Kaffee war, hat sich der Mann ans andere Ende des Tisches gesetzt, sein Profil mir zugewandt, den Blick eigentümlich und beinahe hypnotisch auf irgendeinen Punkt an der gegenüberliegenden Wand der Gaststube geheftet. Ich habe an dieses eine Adventure „Shadow of Memories" denken müssen, worin man, wie es bei Adventures so üblich ist, Figuren, die einem über den Weg laufen, ansprechen muss, um zu weiteren Hinweisen zu gelangen. Auch das Setting des Dorfs und des

Wirtshauses hat etwas gehabt, das mich vehement daran erinnert hat. Also habe ich mich bei dem Alten erkundigt, was das für Ruinen seien, die man da, unweit vom Parkplatz hinter der Kirche, sehen konnte. Während er Auskunft gegeben und von römischen Ausgrabungen gesprochen hat, ist eine alte Frau hereingekommen, mutmaßlich seine Gattin, und hat sich stumm neben ihn gesetzt. Sie hat einen dermaßen starken Buckel gehabt, dass ihr Oberkörper sich nahezu parallel zum Boden befunden hat. Es hat fast ausgesehen, als würde sie für eine Theaterrolle eine Figur überzeichnet darstellen wollen. Als der Wirt zu Ende geredet hatte, hat sie etwas genuschelt, das ich nicht verstanden habe, dann hat sie sich wieder von der Bank hochgestemmt und ist hinausgegangen. Sobald die Alte aus der Tür gewesen ist, hat der Wirt zu einer Fliegenklatsche gegriffen, um ein paar Winterfliegen zu verscheuchen. Getroffen hat er keine einzige, weil er immer viel zu langsam auf die Stelle geschlagen hat, wo eben noch eine gesessen war. Ich hingegen habe kurz das Gefühl gehabt, als sich eine Fliege auf meiner Hand niedergelassen hat, diese nur mit meinem Blick vertreiben zu können. Einen Atemzug lang habe ich sogar mit der Phantasie kokettiert, die Fliege mittels meiner Gedanken fernsteuern zu können. Ich habe im übrigen nicht mehr viel zu fragen gebraucht, der alte Mann hat von sich aus erzählt, mit einer Selbstverständlichkeit, als sei ich schon längst angekündigt gewesen als

einer, der ihm zuhören würde. Er hat von der maroden Landwirtschaft gesprochen, vom Zerfall des Dorfs, von den niedrigen Preisen, die man als Landwirt für Tiere und Feldfrüchte bezahlt bekomme. Dann aber ist er ganz abrupt verstummt, als wenn es nicht mehr zu sagen gäbe. Nach einer Weile hat er noch den Satz hinzugefügt: Aber wohin soll das alles nur führen?, und ich, um eine Antwort verlegen, habe nur mit dem Kopf genickt und dann gefragt, wo denn die Toiletten seien. Er hat mit der Hand in eine Richtung gewiesen. In den Toiletteräumen ist mir optisch alles zu klein vorgekommen: das Klobecken auffällig tief und schmal und das Waschbecken wie für Kinder, sodass ich mich als ein Riese gefühlt habe. Meine Bewegungen sind mir im Toilettenspiegel wie die einer Spinne erschienen, ruckartig, dem menschlichen Blickvermögen durch ihre Schnelligkeit entzogen. Der Gedanke ist mir durch den Kopf gegangen, dass ich vielleicht statt dem Kaffee so eine Art Zaubertrank vorgesetzt bekommen hatte, der einem eine besondere Blickfähigkeit verleiht, aber ich habe den Gedanken schnell beiseitegewischt, um nicht daran hängen zu bleiben.
Als ich wieder in die Gaststube gekommen bin, ist der Alte verschwunden gewesen. Ich bin allein an diesem Wirtshaustisch gesessen und habe darüber nachgedacht, was weiter passieren sollte, aber irgendwie hatte ich mit einem Mal gar kein übermäßiges Verlangen danach, die Dinge vorwärts zu

treiben. Im Gegenteil, der laufende Reifen der Ereignisse sollte nur getrost in sich zusammensinken, großzügig und gierig von sich selbst geschluckt werden, sich bis zum Stillstand kreiseln und im eigenen Abfluss verschwinden. Hier ist ein Ort der absoluten Gegenwart, habe ich gedacht. Ein Feld der Ruhe, als hätte ich auf Pause gedrückt. Selbst jetzt, in der Erinnerung daran, ist diese leere Gaststube und der abwesende alte Wirt mit der Fliegenklatsche, mit seiner Rotgesichtigkeit, die denselben Stellenwert wie das Dunkelgrün des Eisschranks hinter der Schank besessen hat, bloß so etwas wie ein Angebot, neutral, friedlich, ohne Kontamination. Ich habe drei Münzen am Tisch liegen gelassen und bin gegangen.
Als ich wieder im Auto gesessen bin, habe ich eine angenehme Ruhe in mir feststellen können, wie nach einer hinter mich gebrachten Abschlussprüfung. Nein, eher müsste ich sagen: Die Ruhe war wie nach einem geglückten Diebstahl. Ich habe auf den Nebensitz gegriffen, auf den ich meinen Mantel gelegt hatte. Ich habe den Faustkeil gespürt. Und dann hat sich doch wieder diese bestimmte leise Art von Unruhe in mir ausgebreitet und zu Wort gemeldet: Was muss ich als nächstes tun? Das ist wie die Ungewissheit, wenn man in einem Level nicht weiterkommt, eine Ungewissheit, die ja gleichzeitig enttäuscht und erregt, aber einen schließlich und endlich immer wieder bei der Stange hält: Was muss ich als nächstes tun? Ich bin

für einen Augenblick fast beschwipst von dieser Frage gewesen, die in meinem Kopf wirbelte, aber ich war auch schnell genug wieder ernüchtert: Es sind ja ohnedies alles nur noch regulierte Abenteuer, habe ich mir gesagt. Man glaubt ja nur, alles machen zu können, dabei stimmt es nicht. Der Spielraum ist eine begrenzte Zone, der Weg nicht vorgegeben, nur die äußeren Grenzen.
Also bin ich einfach drauflosgefahren. Am Ortsende des nächsten Dorfs habe ich auf einem Parkplatz in einer Kurve drei Autobusse nebeneinander stehen gesehen, alle drei die Frontseite zu mir gerichtet und alle drei mit derselben Aufschrift „Mistelbach". Ich habe das als einen Hinweis gelesen und in diesem Sinn beschlossen, vorerst den Weg dorthin zu nehmen.

Nach ungefähr zwanzig Minuten habe ich das Ortschild von Mistelbach passiert, das Auto auf dem Hauptplatz stehen lassen, meinen Mantel angezogen und bin in irgendeine Richtung losmarschiert. Nach ein paar Schritten habe ich plötzlich bemerkt, wie sich knapp dreißig Meter vor mir ein Polizeiauto eingeparkt hat. Aufgrund der Art, wie die zwei Polizisten aus dem Auto gestiegen sind, miteinander plaudernd und sichtlich gut aufgelegt, habe ich vermutet, dass sie nichts von mir wollen würden. So schnell hätte außerdem mein Diebstahl kaum entdeckt werden können. Sicherheitshalber habe ich trotzdem blindlings das nächste Geschäft,

eine Fleischerei, betreten. Noch ein anderer Kunde ist darin gewesen, und ich habe warten müssen, bis ich sozusagen an der Reihe war. Auf einmal sind auch die beiden Polizisten eingetreten. Ich habe meinen Blick starr auf die Vitrine mit den Wurstwaren gerichtet und darauf geachtet, ruhig zu atmen. Aber gleich ist meine nächste Sorge gewesen: Ist mein Blick zu starr, atme ich zu ruhig? Obwohl ich schnell registriert habe, dass die Polizisten offenbar nur als Kunden hier waren, habe ich mich, wie immer bei näherem Kontakt mit der Polizei, als ein von vornherein Verdächtiger gefühlt. Ich habe dann jedoch trotz meines Vermutungswahns und dem Umstand, dass ich quasi noch frisches Diebsgut in der Manteltasche getragen habe, nicht umhin können, mich umzudrehen und den beiden Uniformierten geradewegs ins Gesicht zu blicken. Sie haben auf mich gar nicht wie die üblichen Klischeepolizisten gewirkt, brutalisiert und stumpf-brachial, sondern geradezu mit sanftmütigen Zügen. Ihre Uniformen schienen sie beinahe mit Unbehagen zu tragen. Landgendarmerie eben, habe ich gedacht, und trotzdem: Eine Sekunde lang habe ich den immensen Drang verspürt, den Stein hervorzuholen und ihn durch die Frontscheibe der Wurstvitrine zu schmettern. Im gleichen Augenblick ist ein weiterer Kunde ins Geschäft gekommen. Er hat den Polizisten einen witzigen Satz zugeworfen, auf die Wartesituation in diesem Raum bezogen, der von einer der bei-

den gleichermaßen scherzend erwidert wurde. Ich habe einen Augenblick lang das Gefühl gehabt, dass jetzt auch von mir erwartet würde, eine Floskel hinzuzufügen, doch alles, was ich sagen hätte können, wäre so etwas gewesen wie: Ja, so ist das!, also habe ich nur ein unverfängliches Lächeln aufgesetzt, das mir aber wiederum selber gefälscht und ungekonnt vorgekommen ist. Als ich mit dem Einkauf an der Reihe gewesen bin, habe ich schon mein Portemonnaie gezückt gehalten, was mir jedoch ebenso als eine übertriebene und aufgesetzte Geste erschienen ist. Ich hätte vielleicht mein Geld besser lässig aus der Hosentasche gekramt. Ich habe eine Semmel mit Aufstrich verlangt. Die Angestellte hinter der Theke ist einigermaßen unwirsch gewesen und hat mir kein einziges Mal in die Augen gesehen, während sie mich bedient hat. Beim Bezahlen ist mir aufgefallen, dass ihr an der rechten Hand das erste Zeigefingerglied gefehlt hat. Das hat mich ruckartig versöhnlich gestimmt. Ich habe mich verabschiedet, darauf bedacht, der Frau beim Gruß in die Augen zu blicken, aber sie hat die Grußformel retourniert, ohne von der Kassalade, in die sie meine genau abgezählten Münzen gelegt hat, aufzuschauen. Als wenn mich das mit einem Gütesiegel und Schutzschild der Unschuldigkeit versehen hätte, bin ich selbstbewusst an den drei Männern vorbeigegangen, habe wie selbstverständlich zum Abschied gegrüßt und hätte – so sehe ich es zumindest jetzt,

wenn ich darüber nachdenke – es durchaus willkommen geheißen, wenn der Raum noch kleiner oder noch voller gewesen wäre und ich mich durch die Leute regelrecht durchdrängen hätte müssen, um zur Tür zu gelangen. Auf der Straße bin ich unschlüssig stehen geblieben. Und was nun? habe ich mit dem Finger auf die feuchtstaubige Rückscheibe eines geparkten Autos schreiben wollen. Das Wort „Lokalaugenschein" ist mir unvermittelt in den Sinn gekommen. Weiter bin ich schräg über den Hauptplatz, nach wie vor ohne ein Ziel.

Eine Weile bin ich vor dem Schaufenster eines Juweliers gestanden, unfähig, mich auf den ausgestellten Schmuck zu konzentrieren. Auch hier habe ich mir überlegt, wie es wäre, wenn ich den Faustkeil gegen das Glas schmeißen würde. Ich habe mich aber abgewandt und bin drauflosgegangen, in der Überzeugung, im Gehen wieder ins rechte Lot gerückt zu werden. Ich habe wenige Meter vor mir eine Frau bemerkt und meinen Gang beschleunigt. Während ich die Frau überholt habe, habe ich gefühlt, wie meine Schritte die ihren quasi mitgezogen haben, wie sie in Erwiderung auf meinen Körper das Maß ihres Gehens mir zugunsten aufgab, wie ein Himmelstrabant, der in die Schwerkraftzone eines anderen Himmelskörpers gerät. Wissen Sie, was ich damit meine? Zeitgleich allerdings habe ich erneut einen Uniformierten ent-

deckt, der mir entgegengekommen ist, und dieser hat mich angesehen, wie einen, den er wohlweislich aufs Korn genommen hat, als sei er über alles längst im Bild. Wieder habe ich aus einer leichten Panikreaktion heraus aufs Geratewohl das nächste Geschäft betreten, darauf vorbereitet, in den nächsten Sekunden vom Polizisten den Befehl zu vernehmen, stehen zu bleiben. Meine Hand in der Manteltasche hat den Faustkeilstein umfasst gehabt, wie sie eine Handgranate umfasst hätte, um mich notfalls im letzten Moment in die Luft zu sprengen und nichts von mir überzulassen. Die Vorstellung, nur mehr Fragment zu sein, zerborsten, verdampft wie ein Meteorit, ist es auch gewesen, die mir mit einem Schlag wieder meine Fassung zurückgegeben hat. Bloß nicht als plumpe Leiche daliegen, habe ich gedacht, bloß nicht mehr zu begreifen sein, alles sein, nur nicht intakt als Toter, nichts Handfestes, kein Beweisstück abgeben. Schon als Kind habe ich die Verschollenen beneidet, die, deren Flugzeug vom Nachtflug oder der Ozeanüberquerung nicht zurückgekommen war, die, von denen nur noch leere Zelte oder in den Dünen hängengebliebene Fahrzeuge sichergestellt werden konnten, die, die ins offene Meer gerudert und nie heimgekehrt waren, die Zuletzt-da-und-dort-Gesehenen. Sie alle haben es in meinen Augen geschafft, sich in Nichts aufzulösen, und die Orte ihres Verschwindens sind auf ewige Zeit mit ihnen. Das ist mir damals durch den Kopf

geschossen, und gleichzeitig habe ich festgestellt, in einem Spielzeuggeschäft zu sein, und ich bin vor ein Regal mit Modellflugzeugen getreten und habe aus dem Augenwinkel durch das Schaufenster gesehen, wie der Polizist auf der Straße, ohne mich weiter zur Kenntnis genommen zu haben, weitergegangen ist. Um nicht unnötig aufzufallen, habe ich einen kleinen Spielzeughubschrauber aus dem Regal genommen und zur Kassa getragen. Auf die Frage der jungen Verkäuferin, die das Spielzeug entgegengenommen hat, ob sie es einpacken solle, habe ich dankbar mit Ja geantwortet. Ich habe ihren Händen zugesehen, die den in Plastik eingeschweißten Hubschrauber in ein Geschenkpapier eingeschlagen und ein Band rundherum gewickelt haben. Dass sie die Bandenden mittels einer Scherenklinge zu kleinen Spiraltroddeln zwirbelte, hat mich froh gestimmt. Es kann nur mit rechten Dingen zugehen, wenn sich jemand für so etwas noch Zeit nimmt, habe ich gedacht. Und nachdem ich mich verabschiedet hatte, habe ich mich, angeregt durch das Beobachten der Handbewegungen der Verkäuferin, gefragt, ob sich wohl auch Bewegungen und das Erfassen der Bewegungen wie Gesteinsschichten im Sein ablegen und später einmal abtragen lassen. Gleichermaßen das Wort „Zeitgeschichte" – kann man es nicht in dem Sinn verstehen, dass die Zeit sich übereinander schichtet? Wenn dem so ist, dann werden Sie und ich letztlich auch nur eine Ablagerungsschicht darstel-

len, ein Palimpsestgestein als Hinterlassenschaft. Nun, etwa derart sind jedenfalls meine Gedanken gewesen, als ich schließlich mit einem kleinen Papiersack, in dem der eingepackte Spielzeughubschrauber gesteckt hat, wieder auf die Straße getreten bin.

Ich habe nach der Frau von vorhin Ausschau gehalten. Hätte ich sie angesprochen, hätte die Geschichte vielleicht einen anderen Verlauf genommen. Ihr Mitgerissenwerdenwollen, ihr offensichtlicher Wille zur Abänderlichkeit haben mich immer noch gefesselt, aber von ihr keine Spur. Dafür hat, während ich meinen Blick schweifen lassen habe, der Hauptplatz mit einem Mal wie von einem Illusionskünstler oder einem begnadeten Programmierer-Team gestaltet gewirkt. Die Fußgänger haben allesamt ausgesehen, als wären sie schon lange tot und würden sich nur noch dank eines Filmtricks bewegen, langsam und still, fast als würden sie schweben. Selbst bei dem lauten Knall einer Explosion würde jetzt niemand stehen bleiben oder über die Schulter blicken, so abwesend sind sie alle, habe ich gedacht, ein jeder in seiner Überzeugung, an Ort und Stelle zu sein, schlummernd wie in einer Fruchtblase; unverschämt, wie sie ihre abgehangenen, grobpixeligen Körper an einander vorbeitragen. Als ich mich dann in Bewegung gesetzt habe, ist schlagartig alles wieder in den vertrauten Bahnen gelaufen, und als ich beifol-

gend die ganz normalen Schritte und gewohnten Stimmen der Leute gehört habe, die wie im just richtigen Moment von einem Band zugespielt geklungen haben, habe ich mich gefühlt, als hätte mir jemand meine vorherigen Gedanken bloß untergejubelt oder doch, als hätte jemand mich allzu gönnerhaft durchschaut haben lassen wollen, dass hinter dieser Wirklichkeit auch eine ganz andere bereitstehen würde.

Einige Geschäfte haben wegen Mittagspause geschlossen gehabt, bei ein paar sind sogar Rollbalken vor den Türen herabgezogen gewesen. Ich habe noch einmal mitten im Gehen angehalten, und aufs Neue ist mein Bewusstsein gekippt, und wieder habe ich alles wie mit anderen Augen gesehen: So schienen die Rollläden vor den Auslagen nur dafür da zu sein, um bei eventuellen Straßenkämpfen vorsorglich heruntergelassen zu werden. Die überdachte Busstation in der Mitte des Platzes, um dahinter Schutz im Feuergefecht zu finden. Und von den Balustraden der Häuser konnte im Ernstfall Rückendeckung gegeben werden. Die Müllcontainer konnten in Brand gesteckt werden und als Barrikaden dienen. Die Kioske mit dem Adventschmuck waren bloß da, um geplündert zu werden, und die Gehsteige: überall breit genug, damit auf ihnen Tote zuhauf zu liegen kommen konnten. Und schließlich, einem Bagger gegenüber zusehend, wie er ein großes Loch gegraben hat, der Gedanke: Aha, so schnell kann man also ein

Massengrab ausheben. Ich habe diese Bilder von mir geschüttelt, indem ich weitergegangen bin und in die Luft gehustet habe. Meine rechte Hand hat die Tüte mit dem Miniatur-Hubschrauber getragen, die andere ist in der Manteltasche gewesen und hat den Stein umklammert. Um bei Verstand zu bleiben, habe ich mich im Weitergehen vorsichtig von Wort zu Wort, von Satz zu Satz gedacht. Ich habe einen Schulbus gesehen, habe „Schulbus" gedacht, abgehakt, habe eine Frau mit einem Kinderwagen gesehen, habe „Frau mit Kinderwagen" gedacht, erledigt, habe das Martinshorn eines Rettungswagens gehört, und das ist es auch schon gewesen, nicht mehr, selbst ein längeres Hinsehen und Hinhören würde, so habe ich gehofft, die Zeitgerinnung nicht in Kraft treten lassen. Die eisige Luft hat nach Sepia gerochen, und in den Wolkenwülsten über der Stadt, die immer dichter geworden sind, sind langgezogene, narbenähnliche Schattenkerben gewesen.

Ich bin noch eine Weile planlos umhergeirrt. Abseits des Hauptplatzes bin ich vor der kleinen Stufe eines Bachs stehengeblieben, in den schmalen, sprudelnden Wasserstrom inmitten der zugeschneiten Uferböschung blickend, und bald bin ich wie hypnotisiert gewesen und habe meinen Blick in diesem Sprudeln und Brodeln ruhen lassen können, hier wallend und da ausschwappend, und ich

habe befürchtet, ich würde wahnsinnig werden, wenn ich noch länger da hineinblicken müsste, und mich auf eine Bank in der Nähe gesetzt, von der ich zuerst mit der Hand den Schnee hinuntergewischt hatte. Ich habe beobachten können, dass an der Stelle, an der ich gerade gestanden hatte, immer wieder vorübergehende Menschen für eine Weile Halt machten, um ein paar Augenblicke lang ins strudelnde Wasser zu starren, als wäre das eine unvergleichbare Ergötzlichkeit. Besonders einer, der vorbeigekommen ist, von der Mimik und Gestik her ein Narr, ist länger an der Stelle verharrt, als würde er, mehr als alle anderen, Beruhigung oder Bestätigung im Chaos des sprudelnden Wassers finden. Wie lange geht das noch gut? habe ich gedacht, und es ist eine Leere in mich geschwappt, die mir alles aus der Hand genommen hat, mich vor mir selbst entblößt hat.
In diesen Minuten hat es zu schneien begonnen. Ich habe eine Weile mitverfolgt, wie der Schneefall langsam dichter geworden ist. Die Flocken haben aber eher wie ein verirrter Insektenschwarm ausgesehen oder wie verwehte Blütenblätter eines großen Weltenbaums.

Es ist vor einiger Zeit etwas mit mir passiert, das ich noch immer nicht ganz begreifen kann, und damals, auf dieser Bank in Mistelbach sitzend, während es sacht auf meinen schwarzen Mantel und meine Haare geschneit hat, habe ich zum ersten

Mal versucht, mit vollem Bewusstsein darüber nachzudenken.
Vor einem Jahr noch war alles ganz normal. Ich war zufrieden mit meiner Anstellung bei dem Computerspielmagazin, schrieb meine Rezensionen, berichtete über Game-Conventions und Ausstellermessen, nahm für verschiedene Artikel sogar an Rollenspielen teil und interviewte Videogamer, von denen einige jährlich mehrere 100.000 Dollar an Preisgeldern verdienten. Ich habe dahingelebt wie jeder andere, habe zwar keine Frau gehabt, aber ein paar Freundinnen, es war also sozusagen wirklich alles vollkommen normal. Was jedoch dann, an diesem gewissen Abend, mit mir passierte, geschah von einem Moment zum anderen. Ich weiß nicht, ob Sie es begreifen werden, denn ich selbst habe es nicht begreifen können, weil es zum einen zu umfassend, zu groß und zum anderen so verschwindend winzig ist.
Ich bin an diesem Abend nach einem Kinobesuch allein nach Hause spaziert, durch die Gassen, dann entlang des Burggartens am Ring, neben mir die Autos auf der Straße, sich in dieselbe Richtung wie ich bewegend. Ich bin so dahingeschlendert, ohne Kümmernis, ohne rechte Freude, neutral mein Empfinden, nicht einmal über den Film, den ich gesehen hatte, habe ich viel nachgedacht, als auf einmal, mitten im Dahingehen, etwas in mir stehenblieb, das auch mich zum Stehenbleiben veranlasste und mich, wie vom Blitz getroffen, mit

einer zuvor so noch nie erlebten Plötzlichkeit wissen ließ, dass gerade etwas mit mir geschehen war, etwas, wonach ich nie wieder derselbe sein würde, dass etwas in mir zu Ende war, jäh, und dass etwas anderes, Neues, mir Unbekanntes an die Stelle gerückt war, an der früher mein Selbstverständnis gewesen war, und dieses neue Gefühl ist in diesem Moment nichts anderes gewesen, als das rasche Erschrecken darüber, etwas ein für allemal verloren zu haben, ein Gefühl von Schmerz und Ungläubigkeit und Entsetzen, dem ich als erste Reaktion nur meinen Unwillen und eine fast panische Geste des Wiedergutmachenwollens entgegensetzen konnte. Ich weiß es heute noch ganz genau, dass ich mich damals an den Sockel des Burggartenzauns gelehnt und zu fassen versucht habe, was da soeben vor sich gegangen war. Es ist ja, wie gesagt, durch nichts Bestimmtes ausgelöst worden, so sehr hatte mich die Verwandlung ganz aus heiterem Himmel getroffen, dass ich es einfach nicht begreifen konnte. Ich hatte ein Gefühl wie jemand, der seine letzte Chance verspielt weiß und dem von nun an der Weg zurück versperrt und der Weg nach vorne kein Weg, sondern nur eine sich trist ausdehnende Ebene ohne Richtung ist. Jemand, so mein erster Gedanke damals, hatte keine Gnade mehr mit mir, hatte mich aufgegeben, mich abgeschrieben. Ich habe probiert, das Geschehen in Gedanken herunterzuspielen, mich zu beschwindeln, mir vorzumachen, das wäre bloß ein eigenartiger Einfall, eine

launische Idee gewesen, deren Urheber ich selbst war, aber insgeheim habe ich gewusst, dass ich mich damit belog. Ich hatte plötzlich nichts mehr in petto, hatte mit einem Schritt, mit einem Augenzwinkern, mit einem Atemzug, der um nichts anders war als die tausende davor, alles verloren. Und wie zum Hohn sind die Autos weiter an mir vorbeigefahren, in dieselbe Richtung, scheinbar dieselben Autos, dasselbe Prinzip. Keiner hatte etwas gemerkt.

Ja, etwas war in diesem Augenblick so resolut vergangen, als hätte jemand meine Vergangenheit archiviert, in einen Aktenordner gesteckt und irgendwo weggeschlossen, wo sie ab sofort für alle Zeit uneinsehbar war. Im selben Moment sind mir die versteinerten Baumstümpfe im Burggarten, an dessen Zaun ich lehnte, eingefallen. So ist es gewesen, etwas in mir hatte sich versteinert und abgelöst, war mir abhanden gekommen, weit hinab in die Dunkelheit der Schluchten meines Ichs. Zurück blieb ein taubes Gefühl im Körper, der so plötzlich jemand anderem zu gehören schien. Ich weiß noch, wie fassungslos ich damals war und dass ich die Ahnung hatte, dass das auch so bleiben würde. Alles Vertraute war unheimlich geworden. Als hätte mit einem Schlag eine andere Weltordnung eingesetzt, die mich im Prozess der Veränderung ausgeworfen hatte. Und doch ist alles weiter seinen Gang gegangen, und obwohl es nach außen den Anschein hatte, dass ich dem Ablauf und dem

Stand der Dinge genügte, fühlte ich die schreckliche Gewissheit, meiner Sehnsucht und meiner Unschuld der Welt gegenüber verlustig gegangen zu sein. Und zugleich war da die seltsame Empfindung, erneut zur Welt gekommen zu sein, ein Gefühl, ähnlich dem Zurück-an-den-Start bei Brettspielen.

Im Verlauf der weiteren Zeit tat ich mir, als Reaktion auf diese Veränderung, schwer, mich vor mir selbst gutzuheißen und konnte mich auch vor anderen Menschen nicht mehr ohne weiteres vertreten. Ich spielte meine Rolle in der Öffentlichkeit, so gut ich konnte, aber immer häufiger mit immer weniger Lust. Als aus meinem Taschenkalender, auf dessen letzter Seite ich mir die Telefonnummern des Großteils meiner Bekannten notiert hatte, sich eben diese Seite löste, hob ich sie, wie als symbolische Geste für meinen Zustand, nicht auf oder übertrug sie auf ein neues Blatt, sondern zerriss sie, so klein es möglich war, wobei mir die telefonbuchzerreißenden Muskelmänner aus dem Fernsehen in den Sinn traten, und ließ die Fetzen in meinen Papierkorb fallen.

Das Läuten des Telefons machte mich nicht mehr neugierig. Es gehörte auf einmal zu meinen Wohnungsgeräuschen wie das Anspringen der Therme im Badezimmer oder das hohle Rauschen hinter der Küchenwand, sooft mein Nachbar über mir die Klospülung betätigte. Manchmal habe ich noch, wenn das Telefon klingelte, wie aus Nostalgie den

Hörer abgehoben und mit dem Anrufer gesprochen, und außer mir ist niemandem aufgefallen, dass ich wie ausgewechselt war.

Es klingt lächerlich, aber Tatsache ist, dass es mir von diesem Zeitpunkt an immer öfter vorgekommen ist, als wäre ich der Sklave oder die Spielfigur eines unsichtbaren und nahezu undenkbaren Spielers, der zwar irgendwie zugleich ich oder in mir war, aber ebenso auch nicht. Können Sie das annähernd begreifen? Wenn ich zum Beispiel hin und wieder mit meinen Redaktionskollegen abends, nach der Arbeit, in ein Lokal gegangen bin, dann funktionierte ich wie nach Anweisungen. Ich meine das aber nicht so, dass mir jemand Befehle gegeben hat, denen ich gehorchen musste wie ein Irrer, der Stimmen hört, sondern eher, dass mir mein Handeln zu zwangsläufig erschien, als dass jeder mich verdächtigen müsste, dass meine Bedürfnisse und Wünsche, die mich zu dieser oder jener Äußerung oder Regung veranlassten, nur Vorwand waren, eine Tarnung meiner Ausgeliefertheit an ein Schicksal. Vielleicht kennen Sie ja den Film „Donnie Darko", dann verstehen Sie womöglich eher, wovon ich spreche. Jedenfalls bin ich mir immer häufiger wie unter Kontrolle vorgekommen, wobei aber alles so gut gemacht war, dass man glaubte, man wäre sein eigener Herr. Ich bin also beispielsweise abends mit meinen Kollegen in dem Pub gegenüber vom Büro gesessen, wir haben Bier getrunken, unsere Reservoirs „soziale Nähe" und

„Spaß" wieder aufgefüllt, und dann bin ich irgendwann aufgestanden, um auf die Toilette zu gehen, und auch das war nicht mein Wille, sondern gewissermaßen meine Pflicht. Ich gehe also auf die Toilette. Ich werfe einen Blick auf die beiden Klotüren, erkenne an den Symbolen, welche meinem Geschlecht zugedacht ist, drücke die Klinke hinunter, trete ein, bin drinnen. Da ist rechts das Waschbecken und das Heißluftgebläse zum Händetrocknen und der Spiegel, alles der Reihe nach. Ich stelle mich an ein Urinal, so wie man eine Spielfigur dahin platzieren würde, verrichte mein Geschäft, bis der Pegel der Bedürfniswerte wieder im grünen Bereich ist. Ich wasche mir die Hände, um den Hygieneanforderungen zu genügen. Und bin immer noch in diesem Raum. Da gibt es keine geheime Tür, die in einen weiteren Raum führt, keinen Mechanismus, der etwas in Bewegung setzt. Es gibt keinen Notausgang. Alles, wozu ich in der Lage bin, ist mein Wasser abzuschlagen und mir die Hände zu waschen und sie unter das Heißluftgebläse zu halten. Gut, ich kann mich noch im Spiegel anschauen, das ist immer eine merkwürdige Situation in Spielen, wenn man seine Figur dabei betrachten kann, wie sie sich selbst in einem Spiegel betrachtet. Und dann trete ich hinaus und bin wieder unter meinen Kollegen. Und dann, und dann, und dann, ein Schritt nach dem anderen, wie ein Programm, das, einmal in Gang gesetzt, seinen unbeeinflussbaren Ablauf hat.

Man kann sagen, ich habe damals begonnen, der Wirklichkeit nicht mehr zu trauen. Oder eigentlich war es anders: Ich habe die Wirklichkeit schlichtweg nicht mehr gespürt. Und da mich nichts mehr mit ihr verbunden hat, habe ich sie auch in Zweifel gezogen. Ich bin freudlos am Morgen aufgestanden, habe den Tag emotionslos absolviert, und wenn ich in der Nacht wieder im Bett gelegen bin, habe ich mich bedingungslos dem Schlaf überantwortet, widerstandslos und ohne den Wunsch, wieder zu erwachen. Mein Empfinden der Welt gegenüber war von undurchdringlicher Indifferenz beherrscht, und meine eigene Existenz ein Vehikel, dessen Korpus die Apathie und dessen Motor das Misstrauen war.

Zu der Zeit habe ich auch den Versuch unternommen, wieder in die neuesten Versionen solcher Spiele und virtueller Welten wie „Dark Age of Camelot", „World of Warcraft" oder auch „Second Life" einzutauchen, aber es war keine rechte Freude mehr dabei, nur noch automatisches Sich-Hochleveln oder mechanisches Weiterklicken. Einzig und allein war ich erleichtert, dass es diese anderen Welten gab, in denen alles viel einfacher, alles sehr schön und wunderbar war und in denen niemand an mich herantreten konnte, um mich zu fragen, was ich denn eigentlich vom Leben noch wolle.

Ich ertappte mich damals auch immer öfter dabei, stundenlang wie gebannt im Internet gesurft zu

haben. Das Eingesaugtwerden in diese Sphäre, es ging so glatt vonstatten. Stundenlanges, wahlloses Springen von Seite zu Seite, von Link zu Link, bis man plötzlich in einem Dazwischenaufatmen wieder sich selbst spürte, den Computer abschaltete und sich wie ausgespuckt vorkam, wie an der Nase herumgeführt, als hätte man gegessen und gegessen, um am Ende nur ein Gefühl der Ungesättigtheit ausmachen zu können, und schon nach kurzer Zeit ein fiebriges Verlangen, erneut in die Internetwelt zu verschwinden, und sei es nur, um in eine Suchmaschine den eigenen Namen oder Wörter und Sätze wie „Eigenleben" oder „Wer kann mir helfen?" einzugeben. Wenn ich es dann endlich über mich brachte, auszusteigen und den Computer herunterzufahren, fühlte ich mich erniedrigt, und so blieb über Wochen und Monate nur dieses Gefühl aus Erniedrigtheit und Verzagtheit, das wiederum von dem Gefühl herrührte, ein für allemal mein Ich an eine alles umspannende Gleichgültigkeit verloren zu haben.

Aber ich will weiter berichten. Ich bin also von der Bank, dort in Mistelbach, aufgestanden und zurück zu meinem Auto gegangen. Auf halbem Weg habe ich bemerkt, dass ich den Papiersack mit dem Hubschrauber auf der Bank liegengelassen hatte, und ich bin umgekehrt. Um ihn nicht noch einmal irgendwo zu vergessen, habe ich mir den Hubschrauber in die Manteltasche gesteckt. In einer

schmalen Seitengasse habe ich dann im Vorübergehen einen Blick in ein kleines Espresso geworfen, in dem eine Frau den Boden aufwischte, während über ihr in einem Fernseher gerade ein japanisches Zeichentrickmonster seinen Rachen aufriss. Dieses Bild hat sich wortwörtlich in mich eingebrannt und auch der Satz, der mir dazu sofort in den Kopf gekommen ist: Wie kann man nur so von Gott und der Welt verlassen sein? Hätte ich die Einkaufstüte nicht liegen lassen, dann hätte ich dieses Bild nie gesehen. So jedoch wird es immer in mir sein.
Kurz bevor ich anschließend den Knopf auf dem Autoschlüssel gedrückt habe, der meinen Wagen entriegelt, habe ich an die Möglichkeit einer Autobombe gedacht, die durch das Drücken dieses Knopfs aktiviert werden könnte. Und als mir daraufhin der Schlüssel versehentlich aus der Hand auf den Asphalt gefallen ist und ich mich danach bücken habe müssen, habe ich – wie fast jedes Mal, wenn ich mich in der Öffentlichkeit bücke – die Vorstellung gehabt, dass mich gerade jetzt, in diesem Moment, ein Scharfschütze erledigen will, der Schuss aber über mich hinwegsaust, eben weil ich mich so plötzlich niederbeuge. Oder die Kugel würde in meinem Mobiltelefon stecken bleiben, das ich dann zeitlebens als Zeugnis meiner Rettung in seinem zersplitterten Zustand aufbewahren würde wie den berühmten Sheriffstern mit der Delle in der Mitte.

Langsam wie ein Fahrschüler bin ich dann durch Mistelbach gerollt. Ich habe gedacht, dass es am besten wäre, unverzüglich weiter nach Helfens zu fahren, ins Haus meiner Großeltern, um dort ein wenig zur Ruhe zu kommen. Aber vor einer kioskähnlichen, kleinen Gaststätte, ein paar Schritte vom örtlichen Bahnhof entfernt, habe ich wieder angehalten und bin ausgestiegen, als wäre es mir im Spielverlauf noch nicht erlaubt, diese Stadt allzu überstürzt zu verlassen. Ich habe mit einem Mal auch das Gefühl gehabt, jetzt nur ein wenig zuwarten zu müssen, um zu wissen, welchen Schritt ich als nächsten zu setzen hätte.

In der Mitte des kleinen, der Jahreszeit wegen geschlossenen Gastgartens an der linken Flanke des Lokals ist mir ein Ahornbaum aufgefallen, sein Stamm ein wenig in der Form einer großen Stimmgabel. Noch mit dem Kennerblick des Kindes ausgestattet, habe ich gesehen, dass es ein guter Kletterbaum sein müsste. Ich habe sofort das Verlangen danach verspürt, wie früher stundenlang mit dem Blick über die Felder und den Wald auf dem Kirschbaum hinter dem Hof meiner Großeltern zu sitzen, aber es ist wie ein Gefühl von etwas gewesen, das man nicht selbst erlebt, sondern sich nur aus Gelesenem oder Erzähltem zusammengereimt hat. Keine Sehnsucht, habe ich laut gesagt und bin sofort erschrocken bei dem Gedanken, es könnte mich jemand gehört haben. Noch weiter links habe ich vor dem Zaun eines anderen Gartens ein Schild

gelesen, auf dem in Großbuchstaben „GEFAHR!" stand. Und erst auf den zweiten Blick habe ich dann die von einem darüberhängenden, angeschnittenen Zweig verdeckten, dazugehörigen Worte „PARKEN AUF EIGENE" bemerkt.
Ich bin eingetreten, habe an der Theke bestellt und mich an einen Tisch vor dem Fenster gesetzt, um hinausblicken zu können. Bei einigen Autos auf der Straße hat es so ausgesehen, als würden sich die Reifen in die andere als die tatsächliche Richtung drehen, ein Effekt, der mir bis dato nur in Filmen aufgefallen war. Die Menschen, die draußen unterwegs gewesen sind, haben gewirkt, als wären sie etwas zu perfekt und glänzend in eine weniger perfekte und unschärfere Wirklichkeit hineinkopiert worden: ein junger Mann in Heeresuniform mit einem hübschen, dicken Mädchen an der Hand; vier Arbeiter, um eine Leiter positioniert, damit beschäftigt, ein Geschäftsschild an einer Fassade zu montieren; eine Frau mit einer Daunenjacke und einer Tasche über der Schulter, an einer Leine ein beiger, mittelgroßer Hund; eine Schwangere mit einem Einkaufskorb; ein Mann, der sich in sein Auto gesetzt hat und losgefahren ist. Und so weiter. Es hat alles so künstlich ausgesehen wie bei den „Sims". Es hat alles nichts mit mir zu tun gehabt. Der Flug der Vögel, das Schwanken der Baumwipfel, das Fallen des Schnees und das Beschleunigungsdröhnen der Autos, nichts hat ausdrücklich mich erreicht. Kaum, dass ich diesen Gedanken zu

Ende gedacht hatte, habe ich mich in dieser Unbehelligtheit gelöst gefühlt.

Ein Mann, der in die Gaststätte gekommen ist, hat mich wie einen seiner Bekannten gegrüßt. Ich habe trotz der Freude darüber mein leichtes Misstrauen in der Stimme nicht zähmen können, als ich den Gruß erwidert habe. Wieso plötzlich doch? habe ich gedacht, oder gibt es etwa schon ein Fahndungsfoto von mir?

Auf dem Sessel neben mir ist eine Zeitung gelegen. Ich habe sie genommen und das Titelblatt angeblickt. Während ich das getan habe, bin ich mir plötzlich meines Blickens viel zu bewusst gewesen, das dadurch natürlich zu einem falschen Blicken geworden ist. Ich habe den Kopf gehoben und habe, so lange es mir gelungen ist, ins Leere gestarrt, bis ich mich wieder über die Zeitung gebeugt habe. Die Schlagzeile am Titelblatt – „Schüler immer gewalttätiger!" – schien mir fast unleserlich, so sehr zu groß die Lettern. Die „e" haben auf mich wie blöde lächelnde Computerspielfiguren aus der Pac-Man-Zeit gewirkt, das Rufzeichen widerlich einschmeichelnd und auf schmierige Weise beglaubigend, die „l" wie aufgerichtete Balken, die sonst, in die Waagrechte gebracht, Augenpaare von Unbeteiligten auf veröffentlichten Polizeifotos verdecken. Die zusammenhängenden „t" im Wort „gewalttätiger" haben ausgesehen wie ein autonomer Buchstabe, dessen Form einem Grabstein für Zwillinge abgeschaut

war. Im Inneren der Zeitung haben mich überhaupt alle Buchstaben an kleine böse Filmkobolde erinnert. Mein Blick ist nur die Überschriften entlang gerutscht, bis ich bei einem Artikel gestockt habe, in dem von einem neuen Computerprogramm die Rede war, das darauf abzielen sollte, in von Kameras überwachten Menschenmengen solche Leute ausfindig zu machen, die aufgrund ihrer untypischen Bewegungen ein auffälliges Verhalten zeigten und so möglicherweise Attentäter oder zumindest Verdächtige sein könnten. Bei einer hinzugefügten, in Klammern gesetzten persönlichen Anmerkung des Artikelschreibers habe ich plötzlich diese Klammern als die zu Schalen geformten Hände eines verstohlenen Ohrenflüsterers gesehen. Ich habe umgeblättert, in einem anderen Artikel von einem chimären Embryo gelesen, bestehend aus männlichen und weiblichen Zellen, der von amerikanischen Reproduktionsmedizinern erzeugt worden war, und schon habe ich immer schneller durch die Seiten geblättert, unfähig, noch mehr solcher Informationen aufzunehmen, und nach der letzten Seite habe ich gar kein Gefühl mehr in mir gehabt. Nicht durchdrehen jetzt, habe ich mich ermahnt, aber selbst diese Ermahnung ist von mir zu nachlässig gedacht gewesen und schien mich daher auch wiederum gar nichts anzugehen.

Ein Betrunkener, der zunächst an der Bar gelehnt war, hat sich mir genähert und mich um eine Zigarette gebeten. Ich bin aufgeschreckt und habe

ihm die Packung hingehalten. Ich habe mich dazu gezwungen, dem Mann zuzusehen, wie er mit ungeschickten Fingern die Zigarette herauspulte. Nach wie vor habe ich das Gefühl gehabt, nicht gemeint zu sein. Als der Betrunkene sich dann jedoch wieder zurück an die Theke bugsiert hatte, bin ich mir wieder stark vorgekommen, zu jeder Auseinandersetzung bereit. Ich habe gespürt, ich hatte das Recht, Grundsätze zu verfassen, Wahrheiten auszusprechen, Forderungen oder einfach Fragen zu stellen. Wie um mich darin zu bestätigen, habe ich dem Nächstbesten, der mir in den Blick geraten ist, die Frage, wie spät es sei, entgegengerufen. Ich habe gefragt: „Welche Uhrzeit haben wir?", nur um es einmal auch in dieser Formulierung gesagt zu haben. Der Nächstbeste ist ein älterer Mann am Tisch links von mir gewesen, der mich als Reaktion zwar angeblickt, aber dann den Kopf wieder abgewandt und stumm vor sich hin gestiert hat, als wäre dieser Satz nur in seinen eigenen Gedanken vorgekommen. Für mich ist es ein Gefühl gewesen, wie wenn ich jemandem die Hand zur Begrüßung hingestreckt hätte und sie nicht entgegengenommen worden wäre. Einen Moment später habe ich die Warnglocke des Bahnübergangs hinter dem Wirtshaus läuten hören.
Ich habe ausgetrunken, bei der Theke gezahlt und zum nahen Bahnhof geschaut und dann wie einer, der auf seinen Zug wartet, einen Bahnsteig betreten, auf dem einige Reisende auf und ab gegangen

sind, und bin ihn auf der gelben Sicherheitslinie entlanggeschlendert. Der Bereich zwischen dieser Linie und dem Bahnsteigrand, das ist mein Bereich, den beanspruche ich für mich, ist es mir in den Sinn gekommen, aber dabei habe ich mich einer Unehrlichkeit und einer Aufgesetztheit überführt, ohne genau zu wissen, worin diese bestand, und darüber nur Mutmaßungen anstellen können. Ich habe innegehalten und das Geschehen um mich beobachtet. Und da ist es passiert, dass ich für ein paar Augenblicke das Vermögen, dreidimensional zu sehen, eingebüßt zu haben glaubte. Das, was ich sah, hat den Schein hervorgerufen, als ginge es auf ein und derselben Fläche vonstatten, die Wartenden am Bahnsteig wie festgeschraubt in dieses Bild, aus dem sie nie herauskommen würden. Plötzlich bin ich mir unter den anderen Menschen wie ein tollpatschiger Koloss einer anderen, mit dem normalen Betriebssystem der Welt inkompatiblen Dimension vorgekommen, klobig und unstet in einem, und ich bin rasch und ohne weiter nachzudenken zum Auto zurückgekehrt, wie um in Sicherheit zu sein. Es ist an der Zeit gewesen, mich auf den Weg nach Helfens, zum Hof meiner Großeltern, zu machen.

Kurz vor dem Ortsende-Schild von Mistelbach habe ich noch im Vorüberfahren eine Frau mit einem Kleinkind auf dem Arm über ein unbebautes, vom Neuschnee ganz weißes Grundstück in der Lücke zwischen zwei Häusern gehen gesehen,

dessen erinnere ich mich jetzt genau. Es ist ein seltener Anblick gewesen, hat etwas gehabt, das zu mir von Zwecklosigkeit gesprochen hat, und wie oft beim Anblick einer Zwecklosigkeit hat sich mir einen Schlag lang das Herz geöffnet. Danach habe ich für die Dauer eines kurzen Sonnenfensters zwischen den Wolken einen Taubenschwarmschatten am Lagerhausturm erblickt. Es sind diese scheinbar unwichtigen Momente und Kleinigkeiten, die mir immer schon Halt gegeben haben.

Auf dem Weg nach Helfens habe ich mich erinnert, wie ich ab und zu als Jugendlicher, fast noch als Kind, meinen Vater begleitet hatte, wenn dieser in den Sommermonaten mit seinem Volvo-Kombi durch die Provinz gefahren ist und in Gasthöfen und Diskotheken Flipper und die ersten Computerautomaten, die es damals gab, abgeholt oder geliefert hat. Ich sehe uns auch jetzt vor mir, meinen Vater und mich, wie wir zuerst in Schwechat bei der Halle, in der die Automaten repariert wurden, Stopp machten und dann von dort Mittel- und Ostösterreich durchkreuzten, mein Vater hat dabei seine Bob-Dylan-Kassetten gespielt, und jedes Mal, wenn ich heute zum Beispiel „Lily of the West" höre, muss ich an die Fahrten mit meinem Vater denken und an die vielen verschiedenen Lokale, in denen seine Automaten aufgestellt waren. Während er bei solchen Gelegenheiten oft noch mit den Gastwirten und Diskothekbesitzern

ein Glas trank, durfte ich auf den Automaten spielen. Es machte mich stolz, auf den Maschinen einen Highscore zu hinterlassen, der – wie ich hoffte – nicht so bald überboten werden würde. Damals waren vor allem Jump-and-run-Spiele und Autorennen in Mode, mein Lieblingsautomat einer mit Lenkrad und Gaspedal, bei dem man eine Strecke entlangflitzte, dabei Autos ausweichen und sich auf unterschiedliche Straßenverhältnisse einstellen musste. Ich habe von den Gastwirten immer so viele Freispiele eingestellt bekommen, wie ich wollte. Mein Vater hat auch Jukeboxes verpachtet und gewartet, bei denen ich ebenso uneingeschränkt Titel drücken durfte, bis sich mein Vater verabschiedete und wir uns auf den Weg zum nächsten Ziel machten. Ich frage mich, was aus all den Automaten geworden ist. Meine Mutter hatte sie nach dem Tod meines Vaters allesamt verkauft, um einen Teil der Schulden abzudecken, die er hinterlassen hat. Vermutlich stehen sie in Hobbyräumen von Sammlern oder werden auf Ebay überteuert zum Verkauf angeboten.

Mein Bruder war damals noch zu klein, um mitzufahren, aber manchmal hat ihn mein Vater in die Reparaturhalle mitgenommen. Auch er war von Anfang an Feuer und Flamme für die Automatenspiele, und seiner Hartnäckigkeit war es wohl auch zu verdanken, dass wir dann schließlich einmal zu Weihnachten einen Commodore 64 bekommen

haben. Die Atari-Konsole, auf der wir zuvor gespielt hatten, wurde von da an nur noch selten aktiviert, der Commodore dafür täglich. Ich habe noch heute das Gefühl in der Fingerspitze, wie sich der Einschaltknopf anfühlt, und im Ohr habe ich das Summen der Floppy. Das Anfangsbild in hell- und dunkelblau mit dem blinkenden Cursor ist wie die Flagge meines Kindheitslandes. Wie viele tausende Male habe ich wohl „Load"$",8" getippt? Als nächsten Heimcomputer gab es für uns eine Weile den Amiga 500, bevor die ersten schnelleren PCs und der Gameboy auf den Markt kamen und die ganzen anderen Konsolen. Alle sind sie jetzt, in Plastiksäcke verpackt, in Kellern und auf Dachböden gelagert, und mit ihnen, so will es mir vorkommen, auch meine Erinnerung an diese Zeit.

Das Haus meiner Großeltern liegt an der Hauptstraße von Helfens, einer kleinen Ortschaft westlich von Mistelbach, und es und der Hof selbst sind so lang gezogen, dass die eine Schmalseite schon direkt ins offene Feld übergeht. Wie der Hof ist auch das gesamte Dorf mit den Jahren heruntergekommen, und die Fernsehantennen auf den Hausdächern sehen aus wie verlotterte Andreaskreuze oder Miniaturschiffsmasten, von denen lose und nachlässig die Takelage hängt, so jedenfalls hat sich mir das Bild präsentiert, als ich an diesem Freitag durch das Dorf gefahren bin. Ich habe direkt vor

dem Haus geparkt, die Schlüssel aus dem Handschuhfach geholt, wo ich sie schon seit Jahren aufbewahrt habe, und bin ausgestiegen. Auf einmal bin ich müde und erschöpft gewesen. Der Gedanke, hier übernachten zu können, war ein wohltuender, verheißungsvoller Gedanke.

Beim Aufschließen habe ich mich gewundert, dass die Eingangstür nur einmal versperrt gewesen ist. Kurz hat sich die Idee in meinem Kopf aufgewölbt, dass womöglich meine Mutter hier sein könnte, aber das ist mir nicht plausibel vorgekommen. Ich habe die Schlüssel auf die Kommode neben der Tür gelegt und bin ins Wohnzimmer gegangen, wo ein voller Aschenbecher und leere Weinflaschen auf dem Esstisch gestanden sind. In der Küche hat sich schmutziges Geschirr in der Abwasch gestapelt. Auf dem Küchentisch ist ein Brotlaib gelegen, der offensichtlich frisch gewesen ist, wovon ich mich vergewissert habe, indem ich mit dem Finger draufgedrückt habe. Die Einzige, die außer mir noch Schlüssel hat, ist meine Mutter, habe ich überlegt, aber sie war in Indien, also muss sich mein Bruder die Schlüssel verschafft haben. Ich habe die Tür zum Innenhof geöffnet und bin ins Freie getreten. Vom Haus hat ein Elektrokabel durch den Schnee zum Baumhaus hinauf geführt, das mein Großvater für uns Kinder auf dem Nussbaum im Hof gezimmert hatte. Aus dem Inneren habe ich Musik wummern gehört. Ich habe einen Schneeball geformt und ihn nach oben geworfen. Sofort hat

die Musik aufgehört, und hinter dem Fenster ist das Gesicht meines jüngeren Bruders Veit aufgetaucht. Darin habe ich ein Erstaunen gelesen, mich hier anzutreffen, aber dieses Erstaunen war irgendwie nicht ganz synchron mit der Wirklichkeit, so wie bei manchen Filmen die Sätze der Schauspieler nicht mit ihren Lippenbewegungen übereinstimmen. Dann ist die Tür aufgegangen, er ist die Strickleiter heruntergeklettert, und wir sind uns gegenüber gestanden. Da bist du ja endlich, hat Veit gesagt, und ich habe, in der uzenden Art, die wir seit jeher im Gespräch miteinander anwenden, gefragt, ob er sich hier also vor dem Militär verstecken würde, und er hat grinsend die linke Hand zur Faust geballt und mich im Spaß angefleht, ihn nicht zu denunzieren.
Als wir beide in der Küche gewesen sind und mein Bruder mit der Kaffeemaschine hantiert hat, habe ich mich genauer umgeblickt. Bis auf die Unordnung ist alles unverändert gewesen. Das alte Geschirr und die Kochtöpfe der Großmutter sind auf ihrem Platz in der Küchenkredenz gestanden. Auch der ewige Kalender ist noch dort gehangen, wo er immer gehangen war. Die Möbel sind ebenfalls noch dieselben gewesen. Die Lehnenlöcher der alten Holzsessel beim Küchentisch sollten Herzen darstellen, aber sie haben ausgesehen wie das Sehloch einer Ninja-Maske. Veit hat vorerst kein Wort gesagt, man hat nur die Küchenuhr gleichmäßig ticken gehört, und ich habe die Einbil-

dung gehabt, dass der jeweils zweite Schlagton immer eine Spur höher gewesen ist. Den Ton, welchen ich im Uhrtakt eindeutig als den höheren erkannt habe, habe ich allerdings auch umspringen lassen können, sodass er als der vermeintlich tiefere zu hören gewesen ist. Während ich darüber nachgedacht habe, warum das so ist, hat mir mein Bruder eine Tasse Kaffee hingestellt und sich zu mir gesetzt. Er hat mich gefragt, wie es mir gehe und ob ich vorhätte, hier zu schlafen, doch das, worauf ich mich zuvor so gefreut hatte, war mir jetzt durch die Tatsache, nicht allein sein zu können, verleidet worden. Also habe ich den Kopf geschüttelt, gesagt, dass ich nur auf der Durchreise sei, dass ich am nächsten Tag in Brno für das Magazin ein Interview mit dem Spiele-Designer Kroupa führen müsse, und habe an meinem Kaffee genippt. Veit hat gemeint, dass er jedenfalls überhaupt nichts dagegen habe, wenn ich hier übernachten wolle. Ich habe nichts erwidert, noch einen Schluck genommen und meinen Bruder betrachtet. Er war dünner geworden, und seine Haare hat er bis auf die Höhe seiner Schultern getragen. Als unser Großvater das Baumhaus auf dem Nussbaum für uns gebaut hatte, war Veit gerade fünf Jahre alt gewesen.
Ich habe ihn gefragt, was er denn hier so treibe, er hat nur ausweichend „Pläne schmieden" geantwortet. Dann hat er die Küchentischschublade aufgezogen, langes Zigarettenpapier und einen

Plastikbeutel mit Gras herausgeholt. Ich verstehe, habe ich gesagt. Mit einer Schere hat er von einem etwas festeren Papier einen kleinen Streifen für den Filter abgeschnitten. Das Blatt ist in dieser Weise schon zur Hälfte in Stufen reduziert gewesen, es hat ausgesehen wie nach einer Bastelstunde im Kindergarten. Ich habe das kartonierte Blatt hochgehoben und bemerkt, dass auf der Rückseite etwas mit der Hand Geschriebenes gestanden ist, das wie ein Gedicht ausgesehen hat, aber weil schon so viele Filter herausgeschnitten worden waren, ist höchstens noch ein Drittel der Worte vorhanden gewesen. Ich habe das Wort „Zeitsprung" gelesen, da hat Veit mir das Blatt aus der Hand genommen und es in die Schublade gelegt. Die Germanisten, die einmal deinen Nachlass betreuen, werden es nicht leicht haben, habe ich gewitzelt. Dann ist mein Blick auf zwei Stapeln Magazine und Bücher auf der Küchenbank gelandet. Ich habe mich erkundigt, ob er das lese, und er hat genickt, bevor er mit der Zunge über die Gummierung des Zigarettenpapiers geleckt hat. Ich habe den Buchstapel durchgesehen. Obenauf lagen „Hitlers Tischgespräche", ein Roman von Carlos Castaneda, das Buch „Popol Vuh", die „Sphären" von Peter Sloterdijk, Pessoas „Buch der Unruhe", Gedichte von Xaver Bayer, „Die Kunst des Krieges" von Sun Tsu, die Bibel, ein Interviewband mit Krishnamurti, Veits eigener Roman, der vor vier Jahren erschienen war, einige von

unseren alten Kinderbüchern und daneben ein Berg Comics und eine Auswahl von aktuellen Lifestyle-Magazinen und Computerzeitschriften.
Ich habe die Bücher und Hefte zurückgelegt und das Säckchen mit Gras zwischen meinen Fingern gedreht und ihn gefragt, woher er das beziehe. Veit hat mit dem Finger nach oben gezeigt. Ich bin aufgestanden und die Treppe hinauf in den ersten Stock gestiegen. Dort, wo das Schlafzimmer unserer Großeltern und das Gästezimmer gewesen sind, in dem mein Bruder und ich als Kinder geschlafen hatten, hat sich eine kleine Marihuana-Plantage befunden. Vielleicht vierzig Pflanzen oder mehr sind da mit Lampen bestrahlt worden, und ein schwerer Geruch, ähnlich dem von Schweiß, ist in der Luft gehangen.
Wieder in der Küche, hat mich mein Bruder gefragt, ob ich möge und mir den Joint hingehalten. Ich habe abgelehnt und gesagt, dass ich erstmal einen Spaziergang machen würde. Ich bin in meinen Mantel geschlüpft, habe meinem Bruder auf die Schulter geklopft und die Tür zum Hof geöffnet, weil ich durch das hintere Tor auf das Feld hinaus wollte. Veit hat sich den Joint hinters Ohr gesteckt und ist mir gefolgt. Während er die Strickleiter hinaufgeklettert ist, habe ich ihn gefragt, ob er eigentlich noch am Schreiben sei, und er hat mit ausländischem Akzent „Ich nix verstehen" geantwortet.
Ich habe nicht weiter gefragt, sondern bin quer durch den Hof bis zum hinteren Gartentor, wo

sich eine leichte Böschung hinab bis zum Teich erstreckt. Dem alten Kirschbaum habe ich gutmütig über den Stamm gestrichen. Ein paar Maulwurfshügel, die aus der Schneedecke geragt haben, haben in ihrer Anordnung wie ein Sternbild ausgesehen. Ich bin mit der Lust, mich zu verlaufen, losgestapft, mit derselben Lust, mit der ich beim Betrachten von Landkarten in diesen verloren gehe. Aber ich habe freilich die Gegend noch zu gut gekannt, als dass es hätte passieren können. Unten, beim Teich, der von Birken und Trauerweiden umgeben ist, bin ich kurz stehen geblieben. Der Teich schien die Schatten seiner Uferbäume in sich aufzusaugen. Das Wasser hat satt und untröstlich ausgesehen, und die Schneekristalle sind, sobald sie auf die Wasseroberfläche auftrafen, verschwunden. Ich bin weitergegangen, bis ich in den Wald, zum Anfang des Hohlwegs, gekommen bin, in dem mein Bruder und ich als Kinder gespielt hatten. Dort steht auch ein altes, unbewohntes Haus, über dessen gesamte Vorderfront ein großer Riss zackt, als hätte es da einmal ein Erdbeben gegeben. Ich habe mir einen Weg durch das Gebüsch zur Hinterseite gesucht, wo nur ein paar Bretter und alte Schilder gelehnt sind. Bei ihrem Anblick bin ich plötzlich ganz darauf bedacht gewesen, alles aus nächster Nähe anzusehen. Am liebsten hätte ich eine Lupe dabei gehabt. Dieses ausführliche Betrachten der Rückseite des verlassenen Hauses hat etwas Tröstliches gehabt, so wie

mich jeder Ort, der schwer einsehbar und vordergründig nutzlos ist, außer vielleicht als Abstellplatz für Gerümpel, innerlich aufatmen lässt. Nach einer Weile des Nur-still-Dastehens-und-Schauens bin ich zurück auf den Weg und weiter durch den Hohlweg marschiert, bis ich wieder an den Waldrand und auf die Felder gekommen bin. Von da an habe ich mich im Weiter-und-immer-weiter-Gehen entspannt und konzentriert zugleich gefühlt. Im Gehen hat der Boden nach meinen Sohlen gegriffen, jeder Tritt ein Fassen und Loslassen, hemmungslos, und der Weg ist mir vorausgelaufen und hat mich verfolgt, jedenfalls ist es mir so vorgekommen.

Während ich so dahingegangen bin, bin ich im Geist noch bei der Rückseite des alten Hauses gewesen, und ich habe darüber nachgedacht, warum ich mich in Zwischenräumen immer so wohl fühle. Und ich bin mir bewusst geworden, dass Zwischenräume ja eigentlich mehr und mehr verschwinden. Sie werden getilgt, ausgelöscht, aus der Welt geschafft wie etwas, wofür man sich schämt. Überall Materialisation. Die Menschen halten keine Leere mehr aus, Lücken sind ihnen unangenehm. Alles muss einsehbar sein, auf Teufelkommraus, notfalls und nicht nur notfalls durch Überwachungskameras. Die Weite der Staatsfeind Nr. 1, die Leere allein schon eine Horrorvorstellung, die Uneinsehbarkeit ein Schreckgespenst,

eine jegliche Lücke der Makel schlechthin. Die Zwischenräume werden zugeschüttet und aufgefüllt mit dem Unansehnlichen wie ein Massengrab oder eine Mülldeponie, darüber kommt eine Schicht künstlicher Idylle. Oasen werden institutionalisiert, Zufluchtsorten wird der Platz genommen, Auswegen wird der Weg abgeschnitten.
Die Eislachen am Weg haben die unscharfe Wintersonne gespiegelt, und das gleißende Sonnenrund am Himmel hinter dem Schneefallnebel hat mich an eine goldene Strahlenmonstranz erinnert, und mir ist der unsinnige Gedanke gekommen, von einer Vollsonne zu sprechen, so wie man von einem Vollmond spricht. Und dann habe ich überlegt, dass der von einem möglichen Meteoriteneinschlag in die Atmosphäre gepuffte Staub einen für lange Zeit weder Sonne noch Mond noch Sterne zu Gesicht bekommen lassen würde.
Im folgenden Gehen habe ich bemerkt, dass sich mit dem Rhythmus meiner Schritte zunächst ein Takt, und dann eine Melodie in mir formiert hat. Ich habe ihr aber keinen bestimmten Ort in meinem Körper zuschreiben können, keine einwandfreie Quelle, sondern sie schien sich meinen ganzen Leib als Resonanzraum reserviert zu haben, unlokalisierbar, ob ihr Sitz sich in der Mitte meines Kopfs befunden hat oder im unsichtbaren Zungenkern oder in der Brust und dem Gleichgewicht meiner Arme. Der Schritt um Schritt wiederholten Tonfolge bin ich wie ein Gefäß gewesen, das sich

selbst zu tragen hatte. Mir ist aufgefallen, dass die Melodie einem Prinzip von abwechselnder Anspannung und Erschlaffung entsprochen hat, Frage und Antwort, dem Ein- und Ausatmen verwandt, und meine Gedanken sind eine Weile lang am Wort „Landler" hängengeblieben, und ohne die Tonspur in mir abreißen zu lassen – denn das hat sie mir gestattet – habe ich die Eigenart dieser mir im Gehen eingeborenen Musik bedacht.

Mir ist wieder mein Bruder in den Sinn gekommen und wie er für seinen ersten Roman einige Zeit lang als junger Shooting-Star der Literaturszene gefeiert worden ist. Das Buch war erfolgreich, hatte sich gut verkauft und Veit allerhand Preise eingebracht. Dann kündigte er an, wenn überhaupt noch ein Buch, dann nur ein Buch über den Literaturbetrieb schreiben zu wollen, ein Zornlesebuch, wie er sich einmal in einem Interview ausdrückte, und seitdem, seit fast vier Jahren schon, hat man nichts mehr von ihm vernommen gehabt. Keine Lesungen, keine Veröffentlichungen, kein Lebenszeichen. Auch ich habe ihn nur sehr selten gesehen. Bei einem Telefonat vor vielleicht einem Jahr hat er mir erzählt, dass er nicht ertragen könne, was er im Moment schreibe, dass es ihm zu grausam sei, zuviel Hass sei in ihm. Hast du nicht einmal behauptet, habe ich ihn damals gefragt, dass alles, was du schreibst, ein Abbild der Gesellschaft sei, aber er hat als Antwort nur gekichert wie ein Kind, das man einer Missetat überführt hat.

Wie als Schlusspunkt meiner Gedanken über Veit habe ich mich dann für eine Weile am Wegrand niedergehockt, den Faustkeil in der einen und den eingepackten Spielzeughubschrauber in der anderen Manteltasche umklammernd. Fast zehn Minuten bin ich da gekauert, ohne eine Regung, nur in die Ferne der weißen Felder schauend, still atmend, darüber am Himmel diese seltsame Mischung aus Sonnenschein und Schneefall, und dann habe ich mit einem Mal das Gefühl gehabt, dass da auch in mir etwas gekauert ist, etwas, das sich nicht greifen hat lassen wie ein nach innen geworfener Schatten. Die Wipfel der Bäume am anderen Ende eines Felds, dort, wo der Wald anfängt, haben sich im Wind bewegt und dabei ausgesehen, als wollten sie mit ihren Armen winken, um die Aufmerksamkeit auf sich zu ziehen. Ich habe aufs Neue an ein Computerspiel denken müssen. Bei einem jähen Windstoß ist mir der Schneestaub in die Augen geweht worden.
Wenn ich ein Wald wäre, habe ich wie im Irrsinn gedacht, dann wäre ich ohne Furcht. Es gäbe nur noch ein großes Wahrhaben im Durchschrittenwerden. Ich bin mir plötzlich selbst nicht geheuer gewesen und habe zu Boden geblickt. Vor mir sind einige größere Steine aus dem Schnee geragt. Ich habe sie angeschaut und mich so lange mit meinem Blick in ihre Gestalt gegraben, bis sie sich auch in meinen Blick zu graben schienen.
Dann habe ich mich wieder aufgerappelt und bin

über das beschneite Feld in Richtung Wald gestapft. Beim Gehen auf dem Schnee habe ich für ein paar Augenblicke den absurden Angstgedanken gehabt, womöglich auf eine Mine zu treten. Über mir habe ich einen Schwarm von Staren entdeckt, wie ein eigenständiger Organismus über den Himmel rauschend, sich zusammenziehend, dabei schwärzer werdend, sich wieder lösend, wie pulsierend. Gibt es da einen Anführervogel, der die Richtung bestimmt? hätte ich gerne jemanden fragen wollen. Ich bin weiter bis zum Waldrand, dort nach rechts, den kleinen Bach entlang, an dem wir früher im Sommer manchmal kleine Staudämme gebaut haben, bevor der Bach sich mehr oder weniger in ein jämmerliches, von der Überdüngung der Felder vergiftetes Rinnsal verwandelt hatte.

Als sich mir die ersten Häuser des Dorfs am Horizont gezeigt haben, habe ich noch nicht schon wieder dort sein wollen. Also bin ich eine geraume Zeit hinter einem alten Heuschober stehengeblieben, an einen kahlen Akazienbaum gelehnt. „Die Natur hat Vorrat an meinen Blicken" – von diesem Satz bin ich länger nicht losgekommen, daran erinnere ich mich jetzt.

Die Sonne ist beinahe schon untergegangen gewesen, mein ganzer Körper hat mit der Erinnerung an den Tag aufgeatmet, erleichtert und traurig, wie um ein Heil gebracht, aber trotzdem heilfroh. Ich habe versucht, mir diese Empfindung nackt und isoliert vorzustellen, abgetrennt von den Wolken über mir

und dem Himmel, der wie ein See war, und den Schneeflocken und den Bäumen, die aussahen, als könnten sie nicht ruhighalten vor lauter Ungeduld vor der baldigen Nacht, und dann ist da nur ein unauffälliges Unbehagen gewesen, das darin bestanden hat, sich ein Behagen einzugestehen, ein glattgewölbtes, schwarzes, widerscheinendes Behagen aus Stein.

Wieder im Hof, habe ich Musik aus dem Baumhaus wahrgenommen. Ich bin die Strickleiter hinaufgestiegen und habe an die Tür geklopft, auf der mit blauer Kreide „Villa Eklektika" geschrieben stand. Ich habe meinen Bruder „Entrez" rufen hören und bin eingetreten. Es ist dank eines Elektroofens recht warm im Inneren gewesen, und Veit ist im Schneidersitz auf einer Matratze gesessen, auf dem Kopf die Indianerhäuptlingsfederkrone aus unserer Kindheit, und hat eines der Fotoalben, die unsere Großmutter zusammengestellt hatte, durchgeblättert. Ich habe mich auf einen Hocker gesetzt, mir eine Zigarette angezündet und die Musik eine Spur leiser gedreht. Neu eingerichtet hier, habe ich festgestellt, und Veit hat genickt.
Wo früher unsere Kinderzeichnungen gehangen waren, sind jetzt Bilder, Plakate und Gegenstände an der Holzwand des Baumhauses angebracht gewesen: Eine Buddha-Abbildung, die, wenn man sie sich näher angesehen hat, aus lauter Maschinensprachzeichen gemacht war, ein paar Plattencover,

Radkappen, ein Rehbockgeweih, Fotos, Zeitungsschnipsel, ein Perry-Rhodan-Poster, ein Foto von Che Guevara, eins vom neuen Papst, in beiden haben zahlreiche kleine Löcher verraten, dass sie als Dart-Scheibe herhalten mussten, ein Szenenbild aus einem Tarantino-Film, ein Foto, auf dem Bob Marley, Mick Jagger und Pete Tosh mit glasigen Augen in die Kamera grinsen, ein Bart-Simpson-Poster, auf dem er das Victory-Zeichen macht und „PEACE, MAN!" in seiner Sprechblase zu lesen ist, Konzerttickets und eine Reihe von Passfotos, die Veit anscheinend im Lauf der Jahre von sich in Automaten gemacht und gesammelt hatte.
Hübsch hier, habe ich abfällig gesagt, und Veit hat im selben Tonfall „Nicht wahr?" erwidert. Ich habe ihn boshaft gefragt, was denn als nächstes anstehen werde, nach seiner metrosexuellen Hippie-Zeit, und er hat gemeint, dass er sich wie alle Cowboystiefel kaufen, viel Hardrock hören und sich einen Bart wachsen lassen werde, um sich wieder mit aller Kraft seiner verlorengegangenen Männlichkeit zu versichern. Ich habe lachen müssen, und auch Veit hat gelacht, und mit einem Mal habe ich mich sehr wohl in seiner Gesellschaft da oben im Baumhaus auf dem Nussbaum gefühlt.
Ich habe noch eine geraucht und ihm eine Weile zugesehen, wie er im Fotoalbum geblättert hat, wobei er mir einzelne Bilder entgegengehalten und mich gefragt hat, ob ich mich noch an dies und das erinnern könne, dann ist es mir aber zuviel an

Nostalgie gewesen, und ich habe die Zigarette ausgedrückt, mich die Strickleiter hinuntergehangelt und bin zurück ins Haus gegangen. Ich habe gehört, wie mein Bruder, sofort als ich draußen gewesen bin, die Musik im Baumhaus wieder lauter gemacht hat.

In der Küche habe ich die Kästen und Laden geöffnet, um nachzusehen, welche Lebensmittel vorhanden waren. Es ist nicht viel gewesen, was ich gefunden habe, nur ein paar Fertigsuppen, Süßigkeiten und mehrere Liter Eiscreme im Tiefkühlfach. Als ich die oberste Lade der Küchenkommode aufgezogen habe, habe ich festgestellt, dass sie nahezu voll war mit Notizheften und Zeichnungen, dazwischen lose Zettel. Ich habe die Handschrift meines Bruders erkannt. Oben ist ein einzelnes beschriebenes Blatt gelegen, der Tag, auf den es datiert gewesen ist, nicht lange her. Ich habe es herausgenommen, gelesen, gefaltet und in meine Mantelinnentasche gesteckt. Ich habe dabei das Gefühl gehabt, wie bei einem Adventure mit diesem Zettel später noch irgendetwas Bestimmtes anfangen zu müssen. Weil ich dazu auch das Gefühl gehabt habe, etwas als Gegenwert dalassen zu müssen, habe ich den verpackten Modellhubschrauber in die Lade gelegt und sie wieder zugeschoben.

Ich bin dann noch durch die vordere Eingangstür hinaus und die Hauptstraße entlangspaziert, aber nur eine kurze Weile, denn ich habe eine beklem-

mende Traurigkeit in mir größer werden gespürt, und ich habe mich in dieser Traurigkeit nicht gehen lassen wollen.

Im Haus habe ich Veit beim Küchentisch sitzend angetroffen, damit beschäftigt, einen neuen Joint zusammenzukleben. Ich habe den Mantel ausgezogen und mich zu ihm gesellt. Auf dem Schnipsel, den er diesmal für den Filter von dem Blatt mit dem Gedicht heruntergeschnitten hat, ist das Wort „Schläfe" gestanden, vielleicht auch „Schläfer", wie ich mit einem Blick erhaschen habe können. Plötzlich, ich weiß nicht, warum, ist mir das alte Kino in Ladendorf eingefallen, und ich habe meinen Bruder gefragt, ob es das eigentlich nach wie vor gebe oder ob es schon abgerissen worden sei. Ich hatte zwar nie einen Film dort gesehen, weil es seinen Betrieb schon eingestellt hatte, als ich noch ein Kleinkind war, aber ich habe mich erinnert, dass wir oft davon gesprochen hatten, eines Tages dort einzusteigen. Veit hat nur genickt, als würde er stumm seinen eigenen Gedanken zustimmen. Ich habe ihn gefragt, ob er Lust habe, jetzt dorthin zu fahren, aber er gab nur ein „zu kalt" von sich.

Bevor ich schließlich aufgebrochen bin, habe ich eine Runde durch den Hof gedreht und in die ehemaligen Ställe geschaut. Es hat leicht nach Stroh und angefaulten Äpfeln gerochen und nach trockenem Blattwerk, eben der Geruch, den ich mit dem

Hof meiner Großeltern verbinde und den ich so liebe. Im Schuppen ist über einem Rechen unsere alte Schwimmmatratze gehangen, schlaff, mit der Atemluft eines vergangenen Sommers gefüllt, und auf ihr ist ein Winterschmetterling gesessen, wahrscheinlich ein Tagpfauenauge, seine Flügel gefaltet wie zum Gebet. An der weißen, abblätternden Schuppenwand ist als sein Gegenüber eine Winterfliege gewesen. Sie hat unproportional und überdimensioniert groß gewirkt wie die Fliegen auf Gemälden von manchen alten niederländischen Meistern.

Ich habe, bevor ich mich verabschiedet habe, meinen Bruder gefragt, ob er Geld brauche, aber er hat den Kopf geschüttelt und gemeint, dass er ja bald ernten könne. Ich habe ihm gesagt, dass er sich nicht erwischen lassen sollte, und ihm gewünscht, dass er bald wieder schreiben könne. Kurz ist ein Zucken über sein Gesicht gegeistert. Wir haben einander gespielt theatralisch und fast nur wie aus Verlegenheit umarmt, dann habe ich mich auf den Weg gemacht.

Erst auf der Landstraße ist mir eingefallen, dass ich eigentlich meinem Bruder den Faustkeil hätte zeigen können, doch dafür ist es zu spät gewesen. Ein anderer Autofahrer hat mich in der Dämmerung angeblinkt, und ich habe die Scheinwerfer eingeschaltet. Als dann hundert Meter vor meinem Auto ein Fasan über die Straße gelaufen ist, bin ich wie-

der an ein Computerspiel aus meiner Kindheit erinnert worden. Darin fuhr man in einem kleinen Vehikel eine Strecke entlang und musste aufpassen, keine von den unvermittelt und blitzartig von der Seite auftauchenden Fußgängerfiguren zu überfahren. Ich habe daran gedacht, wie ich dieses Spiel früher mit meinem kleinen Bruder gespielt hatte und es uns meistens darum gegangen war, möglichst viele Fußgänger niederzumähen, und im Weiterräsonieren habe ich mir eingestanden, dass es eigentlich kein Wunder ist, dass solche Spiele wie „Carmaggedon" erschaffen worden sind.
Nach gut einer Viertelstunde bin ich in Ladendorf gewesen. Ich habe noch exakt gewusst, wie ich fahren musste, um zum Kino-Weg zu gelangen, wo das alte, seit über zwanzig Jahren nicht mehr bespielte Kino am Straßenrand steht. Mir ist es einerlei gewesen, ob mich jemand vom gegenüberliegenden Hof beobachtete, und ich bin durch die Eingangstür, an der das Glas fehlte, eingestiegen. Der Vorraum ist von einem kleinen Fenster, durch das das allerletzte Tageslicht gefallen ist, noch ein wenig erhellt worden. Ich bin eine Weile unbeweglich in der Mitte des Raums gestanden und habe nur den Geräuschen gelauscht, die von außen hereingedrungen sind. Dann habe ich die Taschenlampe, die ich aus dem Handschuhfach mitgenommen hatte, eingeschaltet und habe ihren Lichtkreis über die Wände gleiten lassen. Rechts vom Fenster ist ein Spiegel angebracht gewesen. Seit ich denken

kann, bin ich mit dem Gespür für gute Verstecke versehen, und ich habe probiert, ob man den Spiegel bewegen konnte, und wirklich hat sich dahinter ein kleiner Hohlraum geöffnet, darin aber nur ein paar alte Putzmittel und Spinnweben. Ich habe den Spiegelkasten wieder geschlossen und die Tür aufgestoßen, die zum Saal des Kinos führt. Im Taschenlampenlicht habe ich wahrgenommen, dass es keine Sitzreihen mehr gab, stattdessen waren da alte Schränke, Regale, Waschmaschinen und sogar eine verstaubte Hollywoodschaukel abgestellt. Die Leinwand war abmontiert worden, es hat bloß noch einen angerosteten Lautsprecher zu sehen gegeben. Ich habe die Tür hinter mir zugezogen und den verlassenen Saal durchstöbert. Ich habe einen Blick in die Schubladen der Möbelstücke geworfen, sie sind alle leer gewesen. Was will ich denn eigentlich finden? habe ich mich gefragt. Von draußen ist ab und zu dumpf das Vorüberdröhnen eines Autos zu hören gewesen. Ich habe versucht, genauer hinzuhorchen, aber auf einmal ist mir vorgekommen, als hätte jemand alles stummgeschaltet, dasselbe weiche, samtige Gefühl, als wäre ich eingesperrt in einer schalldichten Gummizelle aus Fraglosigkeit. Ich habe die Taschenlampe ausgeknipst.
Die plötzliche Dunkelheit ist so unfassbar dicht gewesen, dass ich sie fast als etwas Gegenständliches empfunden habe, dessen erinnere ich mich genau. Ich habe mich nicht bewegt, ganz flach ge-

atmet, und es ist mir ins Gedächtnis gekommen, wie ich vor Jahren mit zwei Freunden in eine Höhle gestiegen war. Wir waren über Leitern und glitschige Felswände immer tiefer geklettert, bis wir am vermeintlich untersten Niveau der Höhle angelangt waren. An dieser Stelle hatten wir Rast gemacht. Als wir dann dort alle drei unsere Kopfleuchten ausgeschaltet hatten, gab es da nur noch das Dunkel, das vollkommenste Dunkel, das ich je erlebt hatte. Kein Laut war zu hören, und ich fühlte mich befreit wie noch nie. Ich hatte kein Verlangen, bald wieder die Lampe einzuschalten oder gar schnell zurück ans Tageslicht zu kommen. Wir saßen in diesem Zustand einige Zeit still in der Finsternis. Schließlich war es einer meiner Freunde, der meinte, dass wir uns nun langsam auf den Rückweg machen sollten. Während der langen Minuten des Schweigens aber war mir, als gäbe es nie wieder etwas zu sagen. Ich fühlte mich zwischen den lehmnassen Steinen wie in einem Becken aus warmem Wasser. Die Finsternis schien eins zu sein mit dem Fels, der uns alle umschloss. Mit dem Auslöschen des Lichts hatte ich auch meine Gefährten ausgelöscht, ihre Existenz. Ich war wie narkotisiert in diesen Minuten damals, wie eingeschlossen in den Stein, fast war es unnötig, Luft zu holen. Meine Augennerven begannen mir Streiche zu spielen, ich sah kleine Funken und Lichtblitze, Schlieren aus matten Farben, und es machte keinen Unterschied mehr, ob ich die Augen offen oder zu

hatte. Noch nie hatte ich die Gegenwart so pur erlebt, und mir schien jemand mitteilen zu wollen, dass es keine Vergangenheit und keine Zukunft gebe, sondern nur eine sehr große, hoch und heilig andauernde Gegenwart. Zum ersten Mal träumte ich bei vollem und reinem Bewusstsein. Hätte wohl der Hunger hier Macht über mich, überlegte ich damals, der Durst und die Müdigkeit? Was würde mit den Gerüchen passieren? Wieder an der Oberfläche, kam ich mir dann für eine Weile bei allem, was ich tat und sagte, infantil vor, so als wäre ich vor kurzem noch ein Kind gewesen. Und es ging nicht nur mir so. Alle drei alberten wir herum, ohne aber dass einer von uns ein Wort über die Dauer in der Finsternis verlor. Noch später erzählten wir einander, wie mühselig oder abenteuerlich der Abstieg gewesen war, aber keiner von uns erwähnte die Minuten, die wir in der totalen Dunkelheit verbracht hatten, als ob es etwas wäre, das einem peinlich sein müsste. Doch es schien auch, als wären dafür keine Worte zu finden, oder vielmehr war es so, als ob alles schon gesagt worden wäre, unausgesprochen. Ich hatte in den darauffolgenden zwei, drei Tagen oft den Gedanken, klammheimlich noch einmal dort hinunterzusteigen, allein, nur um erneut im Dunkel zu liegen, ohne einen Wunsch im Herzen. Es war fast wie das Verlangen nach einem Rauschgift. Wäre ich von einem Tag auf den anderen abgängig gewesen, so meine Vorstellung, hätten

meine beiden Kameraden, ohne lange nachzudenken, gewusst, wo ich zu finden gewesen wäre. Es war dieses Gefühl, unten in der Höhle etwas vergessen zu haben, das mich zurückzog. Als hätte ich dort etwas liegenlassen, dem ich mein Leben lang nachtrauern müsste. Erst nach ein paar Tagen fühlte ich mich einigermaßen losgelassen von der Sehnsucht nach der Dunkelheit, und zeitgleich begann ich, die Furcht, die mich während des Abenteuers überhaupt nicht aufgesucht hatte, nachzuholen. Auch einer meiner Freunde ließ einmal, Wochen danach, den Satz fallen: Was da alles hätte passieren können. Seitdem redete keiner von uns mehr davon.

Doch zurück nach Ladendorf: Ich habe die Taschenlampe wieder angeschaltet und bin raus aus dem Kinosaal. Ich bin nach links, wo eine Tür ins Freie offengestanden ist, die, als das Kino noch in Betrieb gewesen war, zu den Toilettenanlagen hinausgeführt hat. Der Schnee der letzten Tage war bis zu einem Meter ins Innere geweht worden. Vis-à-vis eine Treppe in den ersten Stock, zum einstigen Vorführraum. Da oben kein Filmprojektor mehr, nur ein paar Schalter an der Wand und der Sicherungskasten. Ich habe mit der Lampe durch die Guckluken in den Kinosaal geleuchtet, dann habe ich den Boden des Vorführraums abgesucht. Ich habe einen Filmschnipsel gefunden. Auf ihm hat man dreimal einen Mann gesehen, der ein

Pferd am Zügel führt, dahinter Berge, wahrscheinlich ein Western. Ich habe den Schnipsel in die Mantelinnentasche zu Veits Zettel gegeben. Unter dem Linoleumboden, den man wie einen Teppich hochheben konnte, sind alte Zeitungen von 1959 gelegen, die ich nach einem Hint durchforscht habe, aber ich habe darin nichts entdeckt, was mir weitergeholfen hätte. In einer Ecke ist ein Filmrollenkarton gelehnt. Ich habe den Staub vom Deckel gewischt und konnte „Metro-Goldwyn-Mayer" lesen, doch ein Filmtitel ist nicht eingetragen gewesen, auch die Filmrolle hat gefehlt, dafür waren Holzspulen darin, auf die man vermutlich die Rollen gesteckt hatte.

Ich habe mit dem Gedanken gespielt, hier zu übernachten, aber es ist mir doch zu kalt gewesen, also bin ich die Treppe wieder hinabgestiegen, habe mich ins Auto gesetzt, und während ich die Semmel aus der Fleischerei in Mistelbach gegessen habe, habe ich überlegt, wohin ich nun fahren sollte. Ich habe auf der Karte nachgeschaut, und mir ist Poysdorf als nächste Station ins Auge gesprungen, aber ich habe mir gesagt, dass es genau genommen egal sei, wo ich die Nacht verbringe, und dass ich einfach irgendeinen Gasthof auf der Strecke zu meinem Nachtquartier bestimmen würde.

Wie ein Astronaut bin ich dann im fahrenden Auto gesessen, und wie in einem Rail-Shooter ist die Landschaft automatisch an mir vorbeigescrollt. Die

Wolken am Horizont sind auf den ersten Blick eine Bergkette gewesen, und ich habe das Empfinden gehabt, auf einem anderen Kontinent unterwegs zu sein. Die Farben des Himmels sind dort, wo die Sonne untergegangen war, gelb und rot gewesen, und mit den vereinzelt in der Landschaft stehenden, riesigen Windrädern, an deren Spitze ein rotes Licht blinkte, hat das Panorama etwas Apokalyptisches gehabt wie der Vorspann zu einem Endzeit-Game. In der Ferne habe ich kurz die Staatzer Klippe mit der Burgruine sehen können. Wie eine überdimensionale Haifischflosse ist sie am Horizont emporgeragt. Und einmal habe ich scharf bremsen müssen, um nicht einen Hasen anzufahren, der blitzschnell von rechts auf die Fahrbahn gesprungen war. Was mich dann, im Weiterfahren, verwundert hat, war, dass ich keinerlei Adrenalin nach dieser Vollbremsung in mir spürte. Diese Abgestumpftheit hat mich, muss ich gestehen, aus irgendeinem Grund verunsichert.

Bald hat meine Müdigkeit, meine Ausgebranntheit in mir überhand genommen, und ich habe beschlossen, erst morgen weiter über die Grenze zu fahren. Auf der Feuermauer eines Hauses in Poysdorf habe ich „Gasthof & Hotel" gelesen und mich dafür entschieden, es zu meiner Übernachtungsstätte zu machen. Ich habe davor geparkt, bin eingetreten und habe an der Ausschank gefragt, ob ich ein Zimmer für eine Nacht haben könne. Zuerst hat der Wirt mit einem Blick auf das Schlüssel-

brett gemeint, dass leider alles belegt sei, sich jedoch gleich darauf korrigiert und mir ein Zimmer mit Dusche und Klo am Gang angeboten. Ich bin einverstanden gewesen, habe die dreißig Euro bezahlt, und ohne dass ich einen Ausweis vorweisen oder einen Quartierzettel ausfüllen musste, hat mir der Wirt den Schlüssel ausgehändigt, und ich habe noch meine Reisetasche aus dem Auto geholt und bin in den ersten Stock zu meinem Zimmer hinaufgestiegen. Ich habe die Tür hinter mir abgeschlossen und mich auf das Bett gesetzt, das bei jeder geringsten Bewegung sehr laut geknarrt hat, und ich habe gedacht: „Wie es sich gehört", und das Zimmer ist mir auf Anhieb sympathisch gewesen, weil es mit seiner Abgewetztheit und Ungeschminktheit ehrlicher schien als so manche andere, seelenlos gestylte Unterkunft, und auch weil ich mir vorstellen habe können, hier einmal vielleicht sogar Wochen zu verbringen wie in einem Basislager vor dem Aufbruch zu einer Expedition. Was ich ebenfalls als erleichternd empfunden habe, war, dass kein einziges Bild an der Wand gehangen ist, es hat nur eine gelbgrüne Tapete mit einem unaufdringlichen Muster aus Glyzinienblüten gegeben. Die Deckenleuchte hat ihr Licht ungleichmäßig und schillernd auf den Plafond gestreut, und auch diese Unregelmäßigkeit ist fast eine Wohltat gewesen.

Trotzdem habe ich aber noch eine Spur von Unruhe in mir gefühlt, also habe ich mich aufgemacht,

um durch den Ort zu streifen. Ich habe mich nach dem Kirchturm im Ortskern orientiert, bin den Kirchberg hinaufgestiegen und von dort auf die Felder hinaus, einige Zeit eine Weinzeile entlang, über mir der zunehmende Mond, in dessen Licht die Landschaft bläulich geschimmert hat, und ich bin der erste gewesen, der da seine Schuhabdrücke in den Schnee gesetzt hat, und immer weiter habe ich mich entfernt, bis ich doch eine Kurve zurückgezogen habe, und dann bin ich in der Ortsmitte umhergeschlendert, und in den Gassen, teils dunkel, teils beleuchtet, habe ich eine lange Weile keine Empfindung gehabt außer der, da zu sein, an Ort und Stelle, und in diesem Zustand habe ich mich unverletzlich gefühlt und geborgen.

Weil ich trotz meiner Müdigkeit noch nicht zurück in mein Zimmer im Gasthof gehen habe wollen, habe ich mich bei einer geöffneten Wein-Bar, an der ich vorübergekommen bin, an die Budel gestellt und einen Schnaps getrunken. Eine dieser halb auf rustikal, halb auf modern eingerichteten Weinschenken für die deutschen Sommertouristen, die jetzt im Winter nur von den Hiesigen frequentiert wurden. Ich habe versuchen wollen, meine Müdigkeit in Betrunkenheit umzuschummeln. Ich habe auf die Uhr an der Wand geblickt. Sie hat dreiviertel zehn angezeigt. Als ich nach fünf Minuten noch einmal hingeschaut habe, habe ich bemerkt, dass die Uhr stehengeblieben war. Der Sekundenzeiger ist, in seinem Takt zuckend, am

Minutenzeiger festgesteckt, ohne weiter hinauf zu können. Ich bin für einen Moment nicht sicher gewesen, ob nicht vielleicht die Zeit überhaupt stehengeblieben war.

Wie ungeheimnisvoll das alles ist, habe ich dann gedacht, wie ungeheimnisvoll der golden lackierte Plafond, ungeheimnisvoll die Designer-Lampen, die Likörflaschen über der Ausschank, die Wandzeichnung, die einen betrunkenen Bacchus darstellt, die Stammkunden neben mir an der Theke, die paar angesoffenen Jugendlichen und das alte Paar an einem Tisch in der Ecke, ungeheimnisvoll der Zigarettenautomat neben der Bar und wie ungeheimnisvoll ich dazwischen. Wortlos groß allein das Fehlen des Mundstücks einer an der Wand hängenden Trompete. Gleichwohl habe ich eine Freude dabei empfunden, wahllos in diesem Lokal umherzublicken. Es muss ja nicht immer alles geheimnisvoll sein, habe ich gedacht. Aber plötzlich habe ich eine Vorsätzlichkeit in meinem Blicken ausfindig gemacht und das hat es mir wieder vergällt, und ich habe noch einen Schnaps geordert.

Von da an ist es gewesen, als hätten sich die Gegenstände im Raum untereinander abgesprochen, für eine Weile nicht mitzuspielen. Sie sind mir vollkommen neutral und autonom vorgekommen, wie auf eine Strafinsel ausgesetzte Gefangene, die auf sich selbst gestellt sind. Es ist mir unmöglich gewesen, über die Gegenstände in dieser Bar nachzudenken oder sie in eine Reflexion miteinzubezie-

hen. Sie schienen aus der Welt genommen, schwerelos, oder als wäre die Welt aus ihnen genommen worden. Ich habe darauf geachtet, durch den Mund zu atmen, aus der Hoffnung heraus, dass mich das eine Idee näher an die Wirklichkeit führen würde. Beim abschließenden Blick vor dem Verlassen des Lokals ist dann endlich jeder Gegenstand und jeder der Gäste in sich versunken gewesen wie in einem seit Jahrzehnten verlassenen Spinnwebenhaus, wie mumifiziert.

Draußen habe ich den Kopf gehoben und den Halbmond am leicht überstrahlten Himmel gesehen. Alter Kopfübermond, habe ich jovial in meinem Geist formuliert und bin zurück in den Gasthof. Im Zimmer bin ich erst einmal wieder eine Zeitlang regungslos auf dem Bett gesessen. Ich habe eine geraucht und mich bemüht, den zu Ende gegangenen Tag zu rekapitulieren, aber ich bin zu unkonzentriert und wie gelähmt gewesen. Auf der Kommode neben dem Bett ist ein Kerzenleuchter gestanden, die Kerze darin nur noch ein Stummel. Ich habe sie angezündet und angeschaut. Zuerst starr wie eine Zypresse, hat sie, als ich sie leicht angeblasen habe, ausgesehen, als wollte sie mit aller Kraft vom Docht loskommen. Dann ist sie wieder erstarrt, und die Spitze der Kerzenflamme ist zu einem kleinen Mensch mit erhobenen Armen geworden, zu einem, der sich ergeben will. Bald ist der Docht allzu kurz geworden, und die Flamme hat zu flackern begonnen, knapp bevor sie ver-

loschen ist. Ihr Aufbäumen gegen Ende hin ist wie ein Nach-Luft-Schnappen der Kerzenflamme gewesen, ein Um-Hilfe-Glosen, ein tödlicher Tanz als ein Nach-Aufmerksamkeit-Heischen.
Nur aus Neugier habe ich die Schublade der Kommode aufgemacht. Darin ist eine Gideons-Bibel gelegen, das Neue Testament, ich habe es irgendwo aufgeschlagen, und was mir da zufällig untergekommen ist, war mit „Vom Licht und vom Auge" überschrieben, ich habe den Abschnitt gelesen, und mir ist ein Einfall gekommen, und ich habe den Filmschnipsel vom Kino in Ladendorf aus der Manteltasche geholt, als Lesezeichen dort hineingesteckt, und der Gedanke, dass ich dieses Item hier anbringen habe können, sowie die Vorstellung, dass irgendwann einmal jemand diese Bibel aufblättert und dieser Filmstreifen mit dem Cowboy ihm entgegenfällt, hat mich mit einer Friedsamkeit umhüllt, und mit diesem Gefühl habe ich mich ausgezogen und ins Bett gelegt, und kaum, dass ich mich niedergelegt habe, hat die Müdigkeit auch schon begonnen, es sich in mir gemütlich zu machen, quasi häuslich einzurichten. Das Brummen eines Autos hat sich noch zwischen die Welt und mich gezwängt und mein Bewusstsein damit hermetisch abgeschlossen, luftdicht, wie für die Ewigkeit.

Mit dem ersten Moment des Erwachtseins am nächsten Morgen, am Samstag, habe ich auf die

Uhr auf meinem Handy geblickt und festgestellt, dass es halb neun gewesen ist, genau die Zeit, in der ich gewöhnlich für die Arbeit aufstand. Oft bin ich zu Hause sogar nur von dem leisen Klicken aufgewacht, das mein Wecker eine Sekunde, bevor er loszuschrillen begann, von sich gegeben hat. So ist es vorgekommen, dass ich mich, von diesem Klicken geweckt, ruckartig aufgesetzt und den Wecker ausgeschaltet habe, ehe dieser überhaupt noch läuten konnte.

Ich habe, im Bett liegend, versucht, die letzten Reste der Flüssigkeit des Schlafs durch Bewegungen der Glieder aus allen Teilen meines Körpers in der Mitte meiner Brust zu sammeln, um noch für eine Weile nicht da zu sein, aber schnell ist aller Schlaf verdunstet gewesen und hat nur eine Faltigkeit in meinem Bewusstsein hinterlassen, so wie nach zu langem Baden die Haut leicht verschrumpelt, und unweigerlich bin ich wieder ganz da gewesen. In meinem Atem ist ein zweiter Atem angesprungen oder hat sich vielmehr mitlaufend in die Höhe gekämpft, und auch der Herzschlag hat sich vorgedrängt und vorgeboxt. Ich bin aufgestanden. Ein kurz vor dem Erwachen geträumter Satz ist mir durch den Kopf geistert: „Die Gedanken hingeworfen wie einen Blumenstrauß vor die Füße eines Enttäuschten."

Von irgendwoher habe ich ein Hämmern vernommen. Der Wind hat den Schall immer in andere Richtungen getragen, so dass sich der Klang ver-

änderte, mal hat es geklungen, als würde jemand auf einer Schnarrtrommel den Takt schlagen, dann wieder hat es sich wie das hohle Gestampfe einer unterirdischen Pumpanlage angehört.
Der Schlaf hat die festgeknotete Schuldigkeit, die ich am Vortag doch hin und wieder gefühlt hatte, gelockert gehabt, und die Ruhe in der restlichen Schuld habe ich fast als Glück empfunden. Ich habe mich ans Fenster des Gasthofs gestellt und hinausgeblickt. Es ist kein Schnee gefallen, der Himmel ist wie frisch aufgeworfen gewesen, und in den Baumwipfeln hat sich ein Fingerzeig verborgen, die Zweige ruhig im Wind ihr Gewicht ausschaukelnd. Über den Satellitenschüsseln und Eternitdächern der anderen Häuser schien sich ein Friede niedergelassen zu haben wie ein Zugvogel auf der Durchreise. Der Tag hat mir sichtlich freie Hand lassen wollen.
Da ist mir plötzlich, ohne dass ich Ihnen sagen könnte, wieso, dieses eine Lied von Will Oldham in den Kopf gekommen, das mir früher so gefallen hat, und im selben Zug habe ich daran denken müssen, wie ich im letzten Sommer auf einem Konzert dieses Sängers gewesen war. Damals hatte ich, obwohl ich mich schon Monate vorher auf die Veranstaltung gefreut hatte, am Tag des Konzerts überhaupt keine Lust mehr, dabei zu sein. Ich überwand mich dann zwar doch hinzugehen, aber schon, als ich den Gebäudekomplex betrat, in dem das Konzert von der Bühne ging, war ich mir fehl

am Platz vorgekommen. Der Stempelabdruck, den ich beim Eintritt in die Konzerthalle auf die Innenseite meines rechten Unterarms bekam, stellte einen Flugsaurier mit leicht geknickten Flügeln und halboffenem Schnabel dar. Kurz, fällt mir jetzt ein, hatte ich mit der Vorstellung gespielt, mir den Stempel an dieser Stelle eintätowieren zu lassen oder ehrlicherweise gleich mitten auf die Stirn. Drinnen war es stickig und heiß gewesen, und aus dem Saal hatte ich, vorsätzlich Zuspätgekommener, den Sänger und die Band spielen gehört. Ich hatte mir ein Bier an der Bar im Vorraum besorgt, wie um wenigstens einen Grund zu haben, noch eine Weile dort zu bleiben, und mich zum Eingang des Konzertsaals gestellt, so dass ich zumindest einen Blick auf die Bühne werfen konnte. Als ich Will Oldham dann da oben sah, kam mir ins Bewusstsein, dass ich zwar schon lange bei einem seiner Auftritte dabei sein hatte wollen, aber als ich ihn tatsächlich vor Augen hatte, berührte mich das nicht einmal annähernd, es war eher so, als hätte ich mich hier nur aus Verpflichtung meinem alten Ich gegenüber eingefunden, als wäre ich das dem, der ich einmal war, schuldig gewesen. Drei, vier Songs lang, bis mein Bier leer war, bin ich also am Rand der anderen Konzertbesucher verharrt und mir vorgekommen wie ein Fußballfan, der mit seinem Vereinstrikot am Leib versehentlich im Fan-Sektor der Gegenmannschaft gelandet ist. Ich hatte dabei permanent das Gefühl, dass dieser

Affront gleich auffliegen würde. Als Will Oldham mein einstiges Lieblingslied anstimmte und auch ansatzweise Leute aus dem Publikum beim Refrain mitzusingen begannen, verließ ich den Saal, weil diese Art von zelebrierter Tristesse nicht zum Aushalten war, und holte mir im Hof des Veranstaltungsorts bei einer Ausschank eine Bierdose. In einer Ecke des Hofs war mir von früheren Konzerten eine Tür bekannt, die zur Hinterseite des Gebäudes führte. Ich zog die Tür hinter mir zu, setzte mich ein paar Meter entfernt auf den Asphalt und lehnte meinen Rücken gegen die Mauer des Hauses. Der Sichelmond am Himmel über mir sah damals aus wie ein von der Seite angestrahlter silberner Zeppelin. Es war eine kaum belebte Gasse, wo ich saß, auch untertags nicht sonderlich stark befahren, leicht abschüssig nach links. Die vor mir geparkten Autos waren mir im Licht der Straßenlaternen unter dem nächtlichen Himmel vorgekommen wie schlafende Tiere, schlafend oder wie kurz vor dem Angriffssprung. Von der Konzerthalle hörte man dumpf das Dröhnen der Bässe und die Stimme des Sängers. Nach jedem Lied dann das Johlen und Pfeifen des Publikums. Und ich bin einfach nur dagesessen und hatte keinerlei Wünsche mehr, weder für mich noch für jemand anderen.

Das ist mir jedenfalls durch den Kopf geschossen, als ich dort am Fenster meines Nachtquartiers gestanden bin und hinausgeblickt habe, über die

Bäume hinweg, deren Zweiggewirr sich wie ein Aderngeflecht in den Himmel gebohrt hat. Ich habe mich dann angezogen und bin mit dem Zimmerschlüssel in der Hand hinunter zur Ausschank gestiegen. Das Frühstück habe ich dankend abgelehnt, den Schlüssel retourniert und mich verabschiedet.

Einige Zeit ist mir im darauffolgenden Unterwegs-Sein gar nichts Farbiges ins Blickfeld gekommen, nur der grauweiße Himmel, der Schnee, die schwarzen Bäume und Reben und die riesigen Propellersäulen der Windparks, und ich habe unwillkürlich an einen universalen Schalter gedacht, den jemand umgelegt hatte, um mich alles in Schwarz-Weiß sehen zu lassen. Aber dann habe ich gemerkt, dass sich die Farben nur versteckt hielten, und sobald ich das durchschaut hatte, ist mir die Landschaft fast bunter als je im Sommer vorgekommen, so vielfältig sind die farblichen Abstufungen und Übergänge gewesen, am Straßenrand und an den Feldrändern. Der türkisdiesige Wald, wie über dem Horizont schwebend, dazu dunkelviolett, blauerfleckblau das Gesträuch an seinen Säumen. Die Farbe der Misteln in manchen Bäumen, ein Leuchtgelb, fast neonfarben. Das Ziegelrot und Flechtenbraun der Dächer, der Ockerglanz über mancher kahlen Erdstelle im Schnee und über den Stoppelfeldern, der Silberdunst zwischen entlaubtem Gebüsch. Und das Eingeweiderot eines überfahrenen Hasen im Schnee am Straßenrand.

In der gleichförmigen Fahrtbewegung ist mir mehr noch als sonst der allerorts sichtbare Rhythmus der Weinlüssen und Ackerfurchen aufgefallen, die in regelmäßigem Abstand gepflanzten Bäume der Monokulturen. Ab und an abseits der Strecke ein Falke oder Bussard auf einem Wipfel als Späherposten und manchmal ein Dutzend Krähen auf der Straße, die ein paar nicht zu hastige Hüpfer zur Seite getan haben, wenn sich mein Wagen genähert hat, und die ich, wenn ich dann in den Rückspiegel geblickt habe, sich aufs Neue mitten auf der Fahrbahn zusammenrotten gesehen habe.
Beim österreichischen Grenzposten mit seinen geschlossenen Fenstern bin ich nicht sicher gewesen, ob man da überhaupt noch stehenbleiben muss, und deshalb ein wenig über den Stopp-Streifen, der auf dem Asphalt aufgemalt war, hinausgefahren, bevor ich doch verunsichert angehalten habe. Daraufhin ist ein Fenster aufgegangen, und eine Grenzpolizistin hat mich gefragt, ob ich den Streifen auf dem Boden nicht sehen würde, und ich bin so perplex gewesen, dass ich nichts antworten habe können, und ich habe ihr nur meinen Pass entgegengehalten und gefragt, ob ich weiterfahren dürfe, und sie hat eine Handbewegung gemacht, die der Geste eines gnädigen Herrschers entsprach und die ausgereicht hat, mich noch eine Weile wie ein weltfremder, lebensunfähiger Trottel zu fühlen.

Im Niemandsland zwischen den Staaten sind mir unweigerlich Bilder von zu Tode geschossenen Grenzflüchtlingen aus der Zeit des Eisernen Vorhangs in den Sinn gekommen, und ich habe mich gefragt, ob die Polizistin, vor der ich mich soeben blamiert hatte, wohl ebenfalls in der Lage sein würde, jemandem nachzuschießen, und ich habe mich an einen Traum erinnert, den ich vor geraumer Zeit hatte und in dem ich mit einem Gewehr wie unter Zwang auf alles feuern musste, was sich bewegte. Haben Sie nicht auch schon einmal vom Töten geträumt? Wenn man sich selber dabei zuschauen kann, wie man ohne nachzudenken jemandem anderen das Leben auspustet? Es ist wie mit diesen elenden Filmsequenzen bei einigen Spielen, wo man nicht eingreifen, sondern nur noch mitansehen kann, was da mit einem passiert.
Ich bin jedenfalls nie einer von denen gewesen, die nach monatelangem Spielen von „Doom" und „Half Life" Lust hatten, das Töten in echt auszuprobieren. Ich glaube auch nicht, dass solche Spiele einen so einfach zum Killer machen. Es mag vielleicht eine Ausbildung zum Krieger sein, wenn man dafür prädestiniert ist, aber ich bin kein Krieger. Das habe ich gemerkt, während ich meinen Heeresdienst in der Kaserne in Ogau abgeleistet habe. Eines Nachts haben sie uns da aus den Betten gescheucht. Es hieß, wir würden getauft werden. Die Taufe bestand darin, dass uns unsere Ausbildner durch ein über einen Kilometer langes,

enges Abwasserrohr schickten, voll mit Schlick und Scheiße. Ungefähr bei der Hälfte hat der hinter mir plötzlich die große Angst bekommen. Zuerst hat er nur zu keuchen begonnen, hat sich eingebildet, dass er keine Luft mehr kriegt, dann hat er zu wimmern angefangen, und schließlich hat er geschrien, dass sie ihn rauslassen sollen. Mit seiner Panik hat er die anderen angesteckt. Da sind wir in völliger Dunkelheit in einem Abwasserrohr gelegen, durch das man sich kaum durchzwängen konnte, und einer beginnt durchzudrehen. Unsere Sturmgewehre waren alle geladen. Ich habe nach hinten gebrüllt, dass er sich zusammenreißen soll, aber er hat immer lauter geheult und ist nicht mehr weiter gerobbt. Ich habe ihm mit meinem Stiefel einmal fest ins Gesicht getreten. Das hat ihn wieder halbwegs zur Besinnung gebracht. Ich habe achtgeben müssen, dass mich nicht selber die Panik übermannte. Der Typ war nachher noch völlig verstört. Drei Tage nach der sogenannten Taufe hat er abrüsten dürfen und wurde nach Hause geschickt. Es war nichts mehr mit ihm anzufangen. Er hat nicht mehr mitgemacht, keine Waffe mehr angerührt, ist zusammengezuckt, wenn man ihn angeredet hat. Aber auch mir hat es gereicht. Wie gesagt, ich bin kein Krieger.

Die Strecke bis Brno habe ich irgendwie unergiebig gefunden. In Mikulov ein paar Grenzortbordelle und sonst nur dieselben Großmärkte, die es in

Österreich auch gibt, und außer der Beschriftung auf diversen Schildern hat nichts davon gezeugt, dass ich in einem anderen Land gewesen bin. Ich bin aus Langeweile und Schauunlust schnell gefahren, obwohl ich es nicht eilig gehabt habe.
Als Brünn nur noch wenige Kilometer entfernt gewesen ist, habe ich den Kassettenspieler eingeschaltet. Es war die Missa Prolationum von Ockeghem zu hören, ein Stück, bei dem mir immer ist, als wäre darin die Zeit auf geheimnisvolle Weise hörbar gemacht worden. Sie ist da nicht nur kein bloß drängender Verlauf, sondern sie hat auch nichts in eine Richtung allein Weisendes mehr, eher ist es ein Nach-allen-Seiten-Schwellen-und-sich-Abrollen, wie die Ausstrahlung einer stetig ihren Durchmesser vergrößernden und wieder sich zusammenziehenden Kugel. Auch erinnert diese Musik an einen komplizierten, undurchschaubaren Reigentanz, unermesslich in sich geschlossen, sich in einer freimütigen Peristaltik unaufhörlich selbst ausweitend, und dabei doch ein gewundenes, allgemeines Vorwärtsgelangen. Als würde die Musik durch große Trichter rutschen, die wie Blüten aus ihr selbst sprießen. Und das Einfahren in die Stadt Brno ist so ein ähnliches Hineinrutschen gewesen, ein Hineinschlittern und Hineingerissenwerden, nahezu widerstandslos. So wie man an manchen Tagen beim Gehen durch die Stadt nicht einzuhalten braucht, weil zeitgerecht und wie für einen gemacht alle Fußgängerampeln mit dem ersten

Schritt auf den Zebrastreifen auf Grün umspringen und man rein gar nichts von seinem Schwung einbüßen muss, so ist auch, nachdem ich die Stadtgrenze passiert hatte, jede Ampel auf Grün gesprungen, wenn ich mich in meinem Auto genähert habe, und man hat meinetwegen auf den Vorrang verzichtet, und jedes andere Auto hat schon, wenn ich in einiger Entfernung in dessen Rückspiegel aufgetaucht bin, auf die langsamere Spur gewechselt. Bei einer Polizeikontrolle bin ich durchgewinkt worden, und schließlich habe ich sogar auf Anhieb den Bahnhof mit dem Hotel gegenüber gefunden, in dem ich im Internet ein Zimmer für eine Nacht reserviert hatte. Direkt davor sind ein paar Parkplätze gewesen, weiße Rechtecke auf dem Asphalt, wo ich das Auto abgestellt habe.
Von dem Moment an, als ich in das Hotel eingetreten bin, hat alles umso mehr die Reibungslosigkeit zu verlieren und zu stagnieren begonnen. Es ist das Gefühl gewesen, wie wenn man bei einem Computerspiel kurz vor dem Ende eines Levels angekommen ist, man es aber nicht beenden kann, weil man noch etwas vergessen hat.
Ich habe die Rezeptionistin auf Englisch begrüßt und ihr meinen Namen genannt, sie hat die Reservierungsliste durchgesehen, genauso wie es überall auf der Welt geschieht, nämlich mit einem Kugelschreiber zwischen den Fingern die Liste von oben nach unten absuchend, schließlich hat sie die Eintragung gefunden, mich auf Deutsch herzlich will-

kommen geheißen, was mich ein bisschen geärgert hat, ich habe die üblichen Formalitäten hinter mich gebracht, wie immer dabei mit dem Gedanken gespielt, wenn schon nicht einen falschen Namen, doch zumindest eine falsche Adresse ins Formular einzutragen, dann habe ich meine Schlüsselkarte ausgehändigt bekommen und bin mit dem Aufzug in den dritten Stock gefahren. Ich habe mich zuerst einmal geduscht, was ich im Gasthof in Poysdorf nicht tun hatte wollen, meine Kleidung gewechselt und mich auf das Bett gesetzt und mir auf dem Computerausdruck angesehen, wie ich fahren müsste, um zu Kroupas Spieleschmiede zu gelangen, die sich in einem Außenbezirk der Stadt befand. Da der Termin für das Interview erst für drei Uhr nachmittags angesetzt war und ich angenommen habe, dass die Fahrt dorthin nicht länger als eine halbe Stunde dauern würde, habe ich mehr als genügend Zeit gehabt, um mich in Brno herumzutreiben. Ich habe Handschuhe und Mütze eingesteckt, mir bei der Rezeption einen Stadtplan geben lassen und bin losspaziert.

Wie ich so durch die Straßen gegangen bin, haben mich die alten, großteils desolaten Fassaden der Häuser und der Geruch der Luft an etwas erinnert, das ich mit einem Geborgensein in Verbindung gebracht habe, ein seltsames Mischgefühl, wie ein Heimisch-Sein im Fremden. Es ist auch etwas gewesen, das dicht am Körper angelegen ist, dem

Körper beinahe allein seine Form zu geben schien, das aber nicht greifbar gewesen ist, sich zurückgezogen hat, sobald man sich danach gesehnt hat, es einmal im Gegenzug ganz zu besitzen, eben wie ein Geruch, der, je intensiver man ihn zu riechen versucht, immer mehr verblasst und sich schließlich ganz verflüchtigt, neutralisiert von sich selbst.
Als ich an einer Gruppe von asiatischen Touristen vorbeigekommen bin und ihre Stimmen gehört habe, bin ich momentlang beglückt gewesen, mich in einem fremden Land, einer fremden Stadt aufzuhalten, nicht in Wien sein zu müssen. Und als mich einer von ihnen angesprochen und auf Englisch nach einer bestimmten Straße gefragt hat, bin ich fast stolz gewesen, als Einheimischer angesehen worden zu sein.
Vom hohen Gebäudeblock am anderen Ende eines Parks, dessen Flanke ich entlanggegangen bin, hat mich einen Augenblick kurz die Sonnenreflexion eines Fensters geblendet. Ich habe mir vorgestellt, dass vielleicht gerade eine Frau dieses Fenster geöffnet hat, um zu lüften, während sie ihr Bett in Ordnung bringt. Und eine Spur von Abenteuerlust hat sich in mir entfaltet.
Aber im Weitergehen habe ich gemerkt, dass mein Verlangen, mich wirklich fremd zu fühlen, von der Wirklichkeit nicht gesättigt wurde. Ich glaube auch heute noch, dass dieses Unvermögen, mich fremd zu fühlen, damals in Brno, mit dem zu tun hatte, was mir damals vor dem Zaun des Burggartens

widerfahren war, mit meiner Verwandlung, meinem Sehnsuchtsverlust. Ich habe mir also eingestehen müssen, dass ich mich bei weitem nicht so fremd fühlte, wie ich es gerne gehabt hätte. Das ist auch daran gelegen, dass es in der Innenstadt Brnos im Grunde so ausgesehen hat wie in jeder anderen x-beliebigen mitteleuropäischen Stadt, dieselben Geschäfte, Banken, Supermärkte wie in Wien oder München. Die Mehrzahl der Leute in derselben einfallslosen Einheitskleidung und mit demselben unseligen Ausdruck in den Augen. Daneben auffallend viele Menschen, die in Mistkübeln gekramt, einen aber nie um Geld angebettelt haben, als seien sie es ohnedies schon gewöhnt, nichts erwarten zu können.

Auch da, in Brno, ist alles wie nach archaischen, nicht hinterfragbaren Naturgesetzen abgelaufen: Die Autokolonnen hielten vor der roten Ampel und fuhren los, wenn es Grün wurde. Die Menschen führten ihre Hunde straff an der Leine oder ihre Kinder an der Hand. Und man blieb stehen, wenn man sich auf der Straße eine Zigarette anzündete, und legte dabei zum Schutz gegen den Wind eine Hand um das Feuerzeug. In dieser Hinsicht bin ich plötzlich gekränkt gewesen von der ewigen Wiederholung all dessen, was ich vor mir gesehen habe. Und immer wieder, auf der ganzen Welt, die Fahrschulautos, die merklich langsamer als alle anderen Autos fahren, habe ich gedacht. Und sicherlich auch hier die Straßenbahnen, in die man

nicht zusteigen konnte, weil gerade ein Kondukteursanwärter unter den Augen von zwei, drei Prüfern seine Führerscheinprüfung ablegte.
Die Realität hat dann, mit dieser Erkenntnis, plötzlich wieder begonnen, mir zu schaffen zu machen. Ich habe gefühlt, wie mir die Versuchung, dem Geschehen um mich herum ein Mich-täuschen-Wollen unterstellen zu müssen, durch den Körper gerieselt ist. Eine Gruppe von Kleinkindern ist an mir vorbeigewackelt. Kurz habe ich den Wunsch gehabt, mitten durch sie hindurchzugehen, wie durch eine Herde von Schafen, und ihnen über die Köpfe zu streichen, um mich von ihrer tatsächlichen Existenz zu überzeugen, aber die Blicke ihrer erwachsenen Begleitpersonen haben mich davon abgehalten. Und bei jedem alten Menschen, den ich in Folge auf der Straße gesehen habe, habe ich das Gefühl gehabt, dass dieser im nächsten Moment tot umfallen würde, nur um mich in eine Spielsituation zu bringen, mit der ich nicht gerechnet hatte. In der Auslage einer Bank habe ich das deutsche Wort „Lebensversicherung" auf einem Werbeplakat gelesen und gedacht: Alle Wörter haben sich verschworen gegen mich. Jedes Wort ist zuvieldeutig und tausendfach missbraucht. Ich habe bei einem Bankomaten ein paar hundert Kronen abgehoben und mich gefreut, wieder eine Fremdwährung in der Hand zu haben, und flüchtig ist das schöne Gefühl in mir hochgestiegen von der Erinnerung an die Reisen früher, wenn man eine

andere Währung, andere Banknoten und Münzen in der Brieftasche hatte und mit diesen auch eine Spur vom Zauber der Fremde.

Etwa zehn Meter vor mir habe ich eine Frau bemerkt, die über einen Zebrastreifen gegangen und in ein angedeutetes Laufen verfallen ist, als sie gemerkt hat, dass ein abbiegender Autofahrer ungeduldig darauf wartete, dass sie endlich aus dem Weg war. Wie kannst du nur? habe ich gedacht, und sofort sind mir die Leute im Supermarkt eingefallen, die an der Kassa bereitwillig und ohne Aufforderung ihre leeren Taschen aufspreizen, um zu beweisen, dass sie nichts mitgehen haben lassen. Dass ich danach absichtlich langsam vor demselben Auto zur anderen Straßenseite geschlendert bin, ist mir jedoch ebenso lächerlich erschienen.

Ich habe mich direkt vor einem Kaffeehaus befunden und beschlossen, mich hineinzusetzen. Ich habe einen Tisch nahe der Nische, in der sich die Küche befand, gewählt. Das Café ist sehr voll gewesen, aber es hat mir nichts ausgemacht. Während ich in der Karte die Liste mit den Getränken studiert habe, habe ich mich dabei erwischt, wie ich bei den Preisen rechts von den Angeboten jeweils die Ziffern addiert habe, um die Ziffernsumme herauszufinden, so als würde ich ernsthaft an kabbalistischen Zahlenspielereien Gefallen finden. Ich habe einen Kaffee bestellt und mir eine Zigarette angezündet. Wenn ich genauer hingehört habe, sind mir die Gespräche der Leute an den

Nebentischen gekünstelt vorgekommen, obwohl ich kaum ein Wort Tschechisch kann. Es ist gewesen, als würden alle nur den Tonfall einer fremden Sprache imitieren und in Wirklichkeit in Geheimcodes reden. Keiner schien zu sagen, was er meinte. Selbst das „four Coca-Cola, please" des Vaters einer Touristenfamilie an dem Tisch neben mir hat in Wirklichkeit wohl etwas ganz anderes heißen müssen. Auch als ich meine Bestellung aufgegeben habe, hat die Wortwörtlichkeit meines Bestellungssatzes in meinen eigenen Ohren läppisch und unecht geklungen.

Schon aus den Augenwinkeln habe ich gesehen, wie sich der Kellner mit dem Tablett genähert hat. Als er es mir auf den Tisch gestellt hat, habe ich jedoch so getan, als wäre ich davon überrascht und aus meinen Gedanken gerissen worden. Das Streichholz, mit dem ich mir nach dem ersten Schluck Kaffee meine zweite Zigarette angezündet habe, habe ich im Aschenbecher so über das andere Streichholz gelegt, dass beide ein X gebildet haben. Einen Augenblick später hat der Kellner den Aschenbecher gegen einen sauberen ausgetauscht. Ich habe mich absichtlich nicht bedankt und mich gefragt, was wäre, wenn er die gekreuzten Streichhölzer als ein geheimes Agenten- oder Verschwörungszeichen missdeuten würde.

Bei einer Bewegung von mir hat die Bank, auf der ich gesessen habe, geknarrt, und es hat geklungen, als würde ich gefurzt haben, aber anders als sonst

manchmal habe ich darauf verzichtet, dieselbe Bewegung absichtlich noch einmal oder mehrmals zu machen, um alle, denen es aufgefallen sein könnte, davon zu überzeugen, dass es bloß ein Bankknarren gewesen ist. Sollen sie doch denken, dass ich gefurzt habe, sollen sie doch denken, was sie wollen, habe ich gedacht.

Ich habe mit einem Mal Hunger verspürt und die Lust, eine Suppe zu essen, eigentlich ist es aber mehr die Tröstlichkeit einer heißen Suppe gewesen, nach der ich Verlangen gehabt habe. Als allerdings im selben Augenblick der Familienvater vom Nebentisch dem Kellner gegenüber lautstark auf Englisch kundgetan hat, dass dieser seiner Frau doch bitte eine Suppe bringen möge, habe ich nichts mehr essen wollen. Auch der Hunger hat etwas Tröstliches, habe ich befunden, und bei der nächsten Gelegenheit habe ich gezahlt und bin gegangen.

Auf der Straße habe ich an den Zeitungsartikel mit dem Computerprogramm zum Auffinden von verdächtigen Personen denken müssen, den ich am Tag zuvor in dieser Bahnhofsgaststätte in Mistelbach gelesen hatte. Und im Weiterdenken ist mir der Film „Invasion of the Body Snatchers" in den Sinn gekommen, wo gegen Ende, als schon beinahe alle Menschen in seelenlose Zombies verwandelt sind, die einzige Überlebensstrategie für Nochnicht-Verwandelte die ist, sich genauso schleppend und apathisch wie die Zombies zu bewegen und zu

verhalten und um nichts in der Welt aufzufallen, um nicht einer von ihnen zu werden. Also sei die Devise, nicht aufzufallen, habe ich mir eingeschärft.
Ich habe noch eine ganze Weile über diesen Film nachgedacht, während ich die Häuserfassaden entlanggezogen bin. Und ich habe gegrübelt, warum mich nie diejenigen Horrorfilme in wirklichen Schrecken versetzen, in denen Monster und schleimtriefende Aliens auftauchen, sondern allein solche, in denen von einem Tag auf den anderen mit normalen Menschen Veränderungen vor sich gehen. Bei einem Hauseingang, in dem ein kleines Mädchen gelehnt ist und eine Melodie gepfiffen hat, hat sich wie automatisch in meinem Kopf der Spruch vorgedrängt: „Mädchen, die pfeifen, und Hähnen, die krähen, soll man beizeiten den Hals umdrehen." Ich hätte gerne dem Erfinder dieses Satzes ins Gesicht geschlagen, und wie als Wiedergutmachung habe ich das kleine Mädchen angelächelt, das aber als Reaktion darauf sofort zu pfeifen aufgehört hat und im Hausflur verschwunden ist.
Bei einer Ampel bin ich stehengeblieben, obwohl es Grün gewesen ist. Ich habe den Kopf in den Nacken gelegt und drei Krähen beobachtet, die über dem Schornstein eines Hauses auf der anderen Straßenseite eine Art Fangspiel gespielt haben. Nur aus dem Betrachten der spielenden Vögel heraus hat sich in mir eine wohltuende Zuversicht for-

miert. Mir ist mit einem Mal danach gewesen, eine Hotelbar aufzusuchen, mir eine Flasche Champagner zu bestellen und mich allein und in wohligem Schweigen zu betrinken. Der Ausdruck „auf freiem Fuß" hat mir nicht aus dem Sinn gehen wollen. Als ich dazu angesetzt habe, die Straße zu überqueren, hat mich das Hupen eines Autos aus den Gedanken gerissen, und ich habe warten müssen, bis die Ampel wieder auf Grün gewechselt ist. Währenddessen habe ich nochmals zum Himmel hinaufgesehen, und er ist hellgrau vor Wolken gewesen, und darin einige weiße Striemen, die von den Flugzeugen herrührten. Wie Peitschenstriemen, habe ich gedacht, dann habe ich meinen Blick im Verkehr, der sich vor meinen Augen abspielte, trudeln lassen. Die Modelle der Fahrzeuge auf der Straße haben mich an die Hunderassen erinnert, die momentan, zumindest bei uns, fast ausschließlich zu sehen waren: entweder Schoßhündchen oder Kampfhunde. Und so haben auch die Autos ausgesehen: niedliche Stadtflitzer oder bullige, Sicherheit vermittelnde Boliden. Mir ist eingefallen, wie ich einmal bei einer Befragung mitgemacht hatte, bei der die Teilnehmer Autokarosserien und -kühler nach Sympathiekriterien beurteilen mussten. So machten manche Autos von vorne den Eindruck, finster oder grimmig dreinzuschauen, andere dafür heiter oder geradezu lächelnd, wobei die Scheinwerfer als vermeintliche Augen eine große Rolle bei der Beurteilung

spielten. Nachdem es grün geworden ist und ich die Straße überquert habe, ist mir das gesamte Ambiente plötzlich unglaublich suspekt gewesen, und wie um einen heimlichen Beobachter herauszufordern, habe ich in hohem Bogen auf die Windschutzscheibe eines parkenden Autos gespuckt, mitten aus der Fußgängermenge, in der ich mich bewegte. Fast habe ich mir gewünscht, der Besitzer des Autos hätte mir zugesehen und ein handfester Streit wäre entstanden, aber außer einer alten Frau, die mich kopfschüttelnd und missbilligend hinter einem Parterrefenster eines Hauses auf der anderen Straßenseite gemustert hat, hat niemand reagiert. Daraufhin bin ich so ausgeschritten, als müsste ich in den Augen der anderen sofort und im Nachhinein als einer erkennbar und beschreibbar sein, der in leichter, aber unübersehbarer Eile einem bestimmten Ziel zusteuerte. Einem Entgegenkommenden habe ich schon von weitem in die Augen geblickt, wollte dann den Blickkontakt aber auch nicht halten, um kein Missverständnis hervorzurufen, und so bin ich gezwungen gewesen, den Blick wegzurichten, ohne zu wissen, wohin mit ihm, und so habe ich mich unweigerlich durchschaut gefühlt, wobei es eigentlich nichts zu durchschauen gegeben hat, außer meiner offensichtlichen Blicklosigkeit. Dieser Zustand hat von beidem, von Trost und Trostlosigkeit, etwas gehabt. Von Trost, weil mir bewusst gewesen ist, dass er wieder vorüber gehen würde, und von Trostlosigkeit,

weil ich mir im Klaren gewesen bin, dass er sich jederzeit wieder einstellen konnte, und so ist er mir höchstens ein unaufhörliches Vertrösten gewesen, wie das blinde Umherirren auf einem Marsfeld.

Ein paar Schritte weiter hat mir jemand eine Zeitung zum Kauf oder vielleicht auch kostenlos entgegengehalten. Ich habe absichtlich kaum reagiert, mich nicht einmal halbherzig bemüht, höflich ablehnend zu lächeln. Aber vielleicht war da drin ein Wink, habe ich gedacht und es nach ein paar Metern bereut, kein Exemplar genommen zu haben. Und gleich darauf ist mir die Kurzgeschichte eingefallen, die ich als Mittelschüler gelesen habe. Vielleicht kennen Sie ja diese Geschichte. Sie handelt von einem Mann, der auf der Straße einen Zettel von einem Austeiler entgegennimmt. Darauf liest er, von Hand geschrieben: „Die grüne Tür." Der Mann ist verwundert, bleibt stehen und versucht herauszufinden, was das zu bedeuten hat, und er bemerkt, dass auf den übrigen Zetteln, die andere Fußgänger entgegengenommen haben, einzig und allein eine gewöhnliche Werbung für einen Zahnarzt abgedruckt ist. Also geht der Mann noch einmal am Austeiler vorbei, bekommt wieder einen Zettel, und wieder steht da, wie nur für ihn bestimmt: „Die grüne Tür." Und wieder stellt er fest, dass auf den anderen Zetteln nur die Zahnarztwerbung abgedruckt ist. Beim

dritten Mal sieht ihn der Austeiler bereits ärgerlich und vorwurfsvoll an, und der Mann wittert ein Abenteuer. Er betritt das Haus, vor dem der Zettelausteiler auf und ab geht, steigt in den ersten Stock, findet dort eine grüne Tür und klopft an. Es öffnet ihm eine junge Frau, die, nahe am Verhungern, nach ein paar Worten vor Entkräftung zusammenbricht. So beginnt die Liebesgeschichte.
Genau so einen Zettel will ich im Grunde meines Herzens zugeschanzt bekommen, habe ich überlegt, während ich mich immer weiter von dem Kolporteur mit der Zeitung, in der in meiner Vorstellung womöglich der nächste Hinweis versteckt war, entfernt habe. Einen Zettel, der mich zum Abenteurer macht. Gleichzeitig habe ich damals gedacht: Faule Ausrede!, nur um im nächsten Augenblick auf einer Hausmauer den hingemalten Satz zu lesen: „No one's innocent these days, cause when you're innocent, it just don't pay…" Der Spruch ist mir bekannt vorgekommen, aber auch jetzt will mir nicht einfallen, woher.

Ich bin dann von der Hauptstraße, auf der ich unterwegs gewesen bin, abgebogen und gut zwanzig Minuten lang geradeaus gegangen, nur um möglichst weit von der Innenstadt wegzugelangen. An einem Fenster eines Hauses in einer Seitengasse habe ich einen Mann bemerkt, der durch das geschlossene Fenster drei Arbeitern zugeschaut hat, die mit Straßenausbesserungsarbeiten beschäftigt

waren. Immer schon habe ich es geliebt, jemanden zu beobachten, der jemand anderen beobachtet. Dabei habe ich jedoch meistens das Gefühl, meinerseits von jemandem dabei beobachtet zu werden, den wiederum jemand anderer beobachtet und so fort. Dieser Mann hat ein so zufriedenes, kaum wahrnehmbares Lächeln im Gesicht gehabt, dass ich mich für die Augenblicke des An-ihm-Vorübergehens ganz am rechten Platz gefühlt habe, so, als wäre meine derzeitige Beschäftigung – die des beschäftigungslos Umherstreunenden – ebenso wichtig gewesen wie jede andere auf der Welt. Als ich am Ende der Seitenstraße ein Sackgassenschild ausgemacht habe, bin ich schlagartig bedrückt gewesen. Die Vorstellung, umkehren und noch einmal an diesem Fenster vorbeigehen und den Mann dort sehen zu müssen, hat eine Befürchtung in mir losgetreten. Ich habe befürchtet, von der Wiederholung enttäuscht zu werden. Vielleicht hätte sich ja das stille Lächeln des Mannes als ein hämisches Grinsen präsentiert. Fast bin ich schon neugierig darauf gewesen, festzustellen, ob es wirklich so ist, entschlossen, es darauf ankommen zu lassen, wie die Wiederholung sich geben würde, nahezu erpicht darauf war ich, enttäuscht zu werden, da habe ich links vom Sackgassenschild einen schmalen Häuserdurchgang bemerkt, durch den ich meinen Weg fortsetzen habe können.
Erneut bin ich bei einem Park vorbeigekommen. Nebelkrähen sind über alle Flächen des Parks ver-

teilt gewesen und haben ausgesehen, als würden sie auf etwas warten. Auf eine große Anzahl von Leichen, ist es durch meinen Kopf gezuckt, aber ich habe eine Koketterie darin gewittert. Und dann ist mir ein dicker, verstört dreinblickender Mann entgegengelaufen, in der Rechten einen Kugelschreiber wie einen Dirigentenstock schwingend, in der Linken eine ölverschmierte Fahrradkette. Was soll ich dazu sagen? habe ich gedacht, was habe ich damit zu tun? Warum sollte mich das etwas angehen? Und Schlag auf Schlag habe ich, wie eine Kamera, eine Begebenheit nach der anderen registriert: einen toten Vogel auf einer Baustellenplane, einen Fahrradkorb, darin eine vom Schnee gewellte und vergilbte Zeitung, einen Mann, der im Gehen versuchte, ein Streichholz anzureiben, einen Clochard mit einem Gipsarm, der von seiner Schulter baumelte, als wäre er eine lockere Prothese. Am Ende des Parks hatten zwei Blumenstände ihre Sträuße und Bouquets in Vasen auf den Gehsteig gestellt. Als ich mich nach einigen Metern umgedreht und mir das Bild angeschaut habe, habe ich befunden, dass diese Parkecke mit den Blumenkiosken wie der Eingang zu einem Friedhof aussah.
Ich habe einige weitere Straßen überquert, einen großen Bogen geschlagen und bin wieder in einer stillen und verkehrsarmen Gasse, nahe dem Zentrum der Altstadt, gewesen. In der Auslage einer modern eingerichteten, auf asiatische und afrikani-

sche Antiquitäten spezialisierten Galerie habe ich eine Art Podest oder Schemel entdeckt, dessen Sitzplateau eine runde Vertiefung aufgewiesen hat. Kurz habe ich das Gefühl gehabt, als müsste ich da jetzt den Faustkeil hineinlegen, als würde das sein angestammter Platz sein, und irgendetwas würde dadurch geschehen, ausgelöst werden. Neben der Galerie hat sich ein Tandler befunden, und auch dieses Schaufenster hat es mir angetan gehabt, und beim Kramen mit meinem Blick im ausgestellten Trödel ist mir ein kleiner Briefbeschwerer aufgefallen, in den ein Skorpion eingegossen war. Ich habe eigentlich nichts übrig für solche Sachen, aber irgendetwas daran hat mich fasziniert, und das Geschäft hatte geöffnet, also bin ich hinein und habe das Teil gekauft und wie einen Talisman in meine Hosentasche gesteckt, bevor ich meinen Weg fortgesetzt habe.

Und wieder ist mir, schon in der Nähe meines Hotels, eine Touristengruppe über den Weg gelaufen. Einer von ihnen, mit einer Kamera in der Hand, hat mich gebeten, von allen ein Foto zu schießen. Ich habe „no, thank you" geantwortet und bin weitergegangen. Seit langem habe ich den Wunsch verspürt, Kopfhörer aufzuhaben und von Musik beschallt durch die Straßen zu gehen: am liebsten wollte ich überhaupt nichts mehr sehen und hören.

Wenige Sekunden später hat mein Blickstrahl eine Frau ins Visier genommen, die im Vorübergehen

ihr Spiegelbild in einem Schaufenster kontrolliert hat. Ich habe plötzlich in Erwägung gezogen, dass es unter Umständen für die Frauen in manchen strenggläubigen mohammedanischen Staaten nicht immer unangenehm sein muss, eine Burka zu tragen. Fast habe ich nun selbst das Verlangen gehabt, unter so einem Sack mit Gucklöchern umherzugehen. Man könnte Grimassen schneiden, andere Leute beobachten, ohne gewissermaßen selbst gesehen zu werden, und wenn man unreine Haut oder eine hässliche Visage hätte, müde wäre und mit kleinmütigem Blick, unempfänglich für das Weite, durch die Welt trottete, dann sähe das niemand, der es nicht sehen sollte.

Die Straße vor meinem Hotel überquerend, habe ich über ein Seil steigen müssen, mit dem ein Auto ein anderes abgeschleppt hat. Und ein paar Meter vor dem Eingang ist mir eine junge Mutter mit ihrem Kind entgegengekommen, das Seifenblasen gemacht hat, und ich habe gedacht: Wenn mich jetzt eine dieser Blasen berührt, zerplatze ich, und ich bin schnell an ihnen vorbei ins Hotel geschlüpft.

Wie ich dann auf meinem Bett im Hotelzimmer gesessen bin und ein Sandwich gekaut habe, das ich mir bei meinem Spaziergang an einem Imbiss-Stand gekauft hatte, ist mir erneut mein Bruder in den Sinn gekommen. Ich habe Vermutungen darüber angestellt, wie die neue Generation von

Computerspielen, die von den Jugendlichen heutzutage gespielt werden, die Entscheidungen beeinflusst, die sie als Erwachsene, in ihren Berufen, zu fällen haben. Wenn es in einem Spiel zum Beispiel darum geht, eine Stadt mit all ihrer Infrastruktur aufzubauen, würden dann die Maßstäbe dieses Spiels auch zu den Maßstäben des wirklichen Lebens der Spieler? Wenn es sich also im Spiel auszahlt, nachdem man ein Einkaufszentrum errichtet hat, dort ein Cineplex-Kino zu installieren, um damit viele Leute anzulocken, werden dann die späteren Geschäftsmänner auf diese Erfahrung ihrer Jugend zurückgreifen? Und: Welche Strategiespiele spielen zukünftige Kriegsherren? Ich habe an jenes Kriegsspiel „America's Army" denken müssen, bei dem sich der Spieler, wenn er sich auf dem virtuellen Schlachtfeld bewährt und ausgezeichnet hat, gleich online als echter Soldat beim Militär rekrutieren lassen kann.

Und wieder hat meine Phantasie einen Sprung gemacht, und ich habe plötzlich die Vorstellung gehabt, mich in einem Hotelzimmer in einer belagerten Stadt aufzuhalten und darauf angewiesen zu sein, mit dem letzten verfügbaren Flugzeug wegzukommen. Ich habe mir die drängenden Massen von Menschen vorgestellt, von denen jeder in dieses letzte Flugzeug will, und mir weiter ausgemalt, wie ich mitten unter ihnen sein würde, und ich war überzeugt, dass ich nie in diese Maschine gelangen würde, weil ich es nicht übers Herz brächte, mich

mit aller Gewalt durchzudrängen und auf Körper zu steigen. Oder vielleicht doch? habe ich ein Echo in meinen Gedanken nachklingen gespürt. Und sofort hatte ich wieder das Setting eines Computerspiels vor meinem geistigen Auge: ein Flughafen, Kriegszustand, und die Aufgabe, die man hat, ist es, seine Figur in die Maschine zu bekommen und selbst davonzufliegen. Wahrscheinlich müsste man sich dann noch durch das feindliche Flakfeuer manövrieren.

Ich kann eigentlich nicht genau beschreiben, was mich an manchen Computerspielen so fasziniert. Ich kann Ihnen nur ein paar Beispiele nennen: Bei „Brothers in Arms" das hohe Gras etwa, durch das man robbt, an den Rändern der französischen Dörfer. Die toten Kühe dort. Die Vogelscheuche. Das Wasser, durch das man watet. Und dann: „Sie verlassen das Einsatzgebiet." Dieser Satz erscheint am Bildschirm, wenn man sich in die Büsche schlägt, sich von seiner Kampftruppe entfernt. Und tatsächlich hat man ein leicht schlechtes Gewissen, als wäre es wirklich so, dass man als Deserteur seine Kameraden im Stich lässt. Aber in dieser relativen Friedlichkeit etwas abseits des Kriegsschauplatzes, wenn man nur in der Ferne vereinzelt Schüsse hört und ab und zu das Brausen eines Flugzeugs, habe ich mich immer am wohlsten gefühlt, im Gras liegend, über mir der Sternenhimmel mit den Scheinwerfern der Flugabwehr-

geschütze. Es war so, als wäre es da, im Abseits, noch möglich, an einem wirklichen Abenteuer teilzuhaben, eben nicht in der Feuerlinie, sondern entlang der Flanke, bis hinein ins Dickicht.
Auch bei diversen Autorennen war das so. Wenn ich zum Beispiel bei der „McRae-Rally" von der Strecke abgekommen und mit meinem Gefährt querfeldein gebrettert bin, habe ich mich sofort am richtigen Platz gewusst. Entweder auf der Straße auf der Idealspur oder ganz im Abseits. Können Sie das nachvollziehen? Und wie berührend es ist, wenn man in den finnischen Wäldern gegen einen Baum fährt, dann fallen ein paar Blätter zu Boden. Finnland ist schön im Herbst. Leider kann man sich nie lange off-route aufhalten, sofort wird man auf die Strecke zurückverfrachtet. Dabei sind gerade die Grenzen eines Computerspiels so verführerisch. Wo die Grafik zu Ende ist, schlummert das Essentielle. Dort beginnt es für mich interessant zu werden. Aber noch mehr faszinieren mich Spiele, die keine Grenzen haben, wissen Sie, was ich meine? Da gibt es kein Ende der Illusion.
Ebenso sind meine Träume der Scheinwahrheit von Games ähnlich. Eine überwirkliche Logik herrscht da, der man folgen muss, und trotzdem hat man gleichzeitig das Gefühl, selber mit jedem Schritt das Wesen dieser Logik festzulegen. Und jede Computervirtualität hat auch in mein Leben hineingespielt. Wenn ich also etwa, nachdem ich längere Zeit ein Autorennspiel gespielt hatte, auf

der Straße unterwegs war und mein Blick auf ein Auto fiel, dessen Kühler oder Stoßstange beschädigt war oder gar herunterhing, dann wurde ich automatisch an ein Rennspiel erinnert, wo nach einer Kollision die Fahrzeugkarosserie beschädigt ist.

Ich habe die Vorhänge halb zugezogen und das Licht abgedreht. Es ist dunkel und fast ganz still im Zimmer gewesen. Je weniger Menschen, umso besser, habe ich gedacht. Ich möchte zwar ihre Anwesenheit, ihre Nähe wissen, ihre Geräusche hören, das Zugrauschen in der Ferne und das Aufheulen der Motorräder aus der Distanz vernehmen, aber je weniger Menschen, umso besser, auf Dauer.
Auf einmal, das weiß ich noch genau, habe ich das Gefühl gehabt, als könnte ich meine Zähne herausnehmen, sie gar mit der Zunge aus der Mundhöhle stoßen. Während ich diesen Gedanken gedacht habe, hat mein Mobiltelefon geläutet. Ich habe auf dem Display eine Nummer mit tschechischer Vorwahl gelesen und vermutet, dass es Kroupa sein müsse, dem ich in einer E-Mail für alle Fälle meine Mobiltelefonnummer mitgeteilt hatte. Es ist allerdings eine Frauenstimme gewesen, die sich gemeldet und in recht gutem Deutsch als Kroupas Schwester vorgestellt und dafür entschuldigt hat, dass ihr Bruder wegen eines Termins die Verabredung nicht einhalten könne, und sie hat sich

erkundigt, ob ich Zeit hätte, das Treffen auf sechs Uhr abends zu verschieben. Ich habe gesagt, dass das kein Problem sei, dann hat sie sich nochmals entschuldigt, sich bedankt und aufgelegt. Als ich nach diesem Gespräch mein Handy in der Hand gehalten und es angeblickt habe, bin ich erschrocken, weil es der Form nach plötzlich wie ein kleiner Sarg ausgesehen hat, und die Ziffern des Datums am Display wie die des eingravierten Sterbedatums.

Weil der Interviewtermin nun verschoben worden war, habe ich noch genügend Zeit gehabt, etwas anderes zu tun, also habe ich den Fernseher aufgedreht und durch die Kanäle geschaltet. Es sind mir fast alle Programme zur Verfügung gestanden, die ich auch von zu Hause kannte. Auf dem ersten Sender ist eine Dokumentation über den Boom von Katastrophenfilmen gelaufen, ich bin weitergesprungen, habe mir auf dem nächsten das Video von Keane zum Lied „Somewhere only we know" angeschaut, in dem die Band mit einem Ufo von der Erde flüchten will. Dann bin ich auf eine alte Sketch-Show gestoßen. Ich bin Zeuge einer Szene auf einem Bahnsteig gewesen, in der ein Bahnangestellter, nachdem er durch den Lautsprecher den wartenden Passagieren eine Zugverspätung vermeldet hat, nicht, wie vorgesehen, zu reden aufhört, sondern anfängt, von seinen Sorgen zu erzählen, davon, dass seine Frau ihn verlassen habe.

Der Sketch endet damit, dass ein beherzter Wartender den Lautsprecher mit seinem Regenschirm herunterschlägt und damit die Stimme zum Verstummen bringt. Ich habe die eingespielten Publikumslacher fehl am Platz gefunden und umgeschaltet. Im nächsten Kanal wurde die Hinrichtung eines Manns auf dem elektrischen Stuhl gezeigt. Wir sind ständige Demütigungszeugen, habe ich gedacht. Was einst auf einen Ort beschränkt war wie ein Gericht oder einen Richtplatz, ist nun jedem ständig zugänglich, wenn auch nur über den Fernseher. Und das ist nicht mehr rückgängig zu machen. Man muss damit leben. Schließlich bin ich bei einem Programm geblieben, das Aufnahmen der Erde aus dem All gezeigt hat, aber das hat mich rasch gelangweilt, und ich bin zum letzten verfügbaren Kanal gesprungen, auf dem anscheinend live aus einem tschechischen Techno-Club gesendet wurde. Die Stimmung ist, obwohl erst früher Nachmittag, so wie sonst erst nach Mitternacht gewesen. Man hat DJs hinter Mischpulten gesehen, tanzende und schwitzende Menschen, und unten rechts am Bildschirm ist in Digitalziffern die Zeit davongelaufen. Nach ein paar Minuten habe ich es nicht mehr ausgehalten und den Fernseher wieder abgedreht. Es ist nur der rote Standby-Punkt am Gerät geblieben, der in der Düsterheit des Zimmers zu schweben schien wie der Zielpunktlaser eines Scharfschützengewehrs. Ich habe meine alte Unrast in mir aufwallen gefühlt.

Ich bin ins Badezimmer gegangen, habe an der Schnur der Leuchtstoffröhre über dem Waschbecken gezogen und mir die Hände gewaschen, mit dem Gefühl, dass ich dadurch für irgendetwas Aufschub erhalten würde. Dann habe ich mich an den Rand der Badewanne gesetzt. Das einzige Geräusch ist das Sirren der Spiegelleuchte gewesen.
Ein paar Mal hintereinander habe ich schnell die Augen geöffnet und geschlossen, bis meine Lider ermüdet sind. Ich habe versucht, mit meinem Blickstrahl eine Art Billard zu spielen: Wenn mein Blick auf eine Fläche gefallen ist, habe ich ihn im ungefähren Einfallswinkel abprallen und wieder auf etwas treffen lassen, von dem er aufs Neue abgeprallt ist und so weiter. Es gibt kein Entkommen, so ist mein Gedanke gewesen, und mir sind Situationen in den Sinn getreten, in denen ich früher mit Freunden Billard gespielt hatte. Immer wenn einer eine Kugel unabsichtlich über den Tischrand geschossen hatte und diese mit lautem Geklacker durch den Raum gehüpft war, hatte ich mich insgeheim gefreut, dass das eigentliche Spielfeld verlassen und dadurch das Spiel ausgeweitet wurde. Auch habe ich an ein Computerspiel aus meiner Kindheit denken müssen, ein simples Flipperspiel auf dem Commodore 64. Ich habe mich erinnert, dass es da manchmal möglich war – selten, aber doch –, die virtuelle Kugel in eine solche Bahn schnalzen zu lassen, dass sie im Flipperboard eine geschlossene geometrische Figur beschrieb, die nie

ein Ende fand, zweifelsohne ein Programmierfehler oder ein blinder Fleck im Programm. Ich war dereinst, wenn ich es zufällig geschafft hatte, die Kugel in diese Art Endlosschleife zu katapultieren und so den Flipper auszutricksen, immer lange Zeit vor dem Bildschirm gesessen und hatte der Kugel zugesehen, wie sie sinnlos und unveränderlich ihre Bahn zog. So war ich übrigens auch in der Lage gewesen, anderen Spielern, denen dieser Trick nicht geläufig war, völlig unnachvollziehbare Highscores vorweisen zu können.
Ich habe hinter mich in die Badewanne geblickt. Sie ist noch ein wenig feucht gewesen. Ich habe ein Handtuch genommen, die nassen Stellen getrocknet und mich in die leere Wanne gelegt. Von meiner Position habe ich über den Spiegel hinaus in den anderen Raum gesehen, und mein Mantel, den ich draußen auf einen Kleiderbügel auf die Schranktür neben dem Bett gehängt hatte, ist mir eigenartig statisch vorgekommen, wie auf Befehl eines Fotografen stillhaltend.
Meine Gedanken haben erneut angefangen, sich mit Computerspielen zu beschäftigen. Ihr wichtigster Einfluss in der Kindheit? habe ich eine fiktive Interviewfrage an Kroupa formuliert und ihn antworten lassen, was ich geantwortet hätte: Computerspiele und Comics. Noch bis Mitte zwanzig sind Comics meine einzige Lektüre gewesen, und mit Freunden habe ich oft tagelang Computerspiele gespielt. Wir hatten genug zu essen und zu

trinken eingekauft, auch allerhand Drogen, hatten die Jalousien heruntergezogen und waren dann mitunter drei Tage lang in die so andere Welt eines Spiels eingetaucht. Die Außenwelt war für diese Zeitspanne ausgeblendet, wie nicht vorhanden.
Ich habe die Augen geschlossen und mir die Spiele, die ich gespielt hatte, vergegenwärtigt. Ich habe die Dschungellandschaften vor mir sehen können, die Korridore der Spukschlösser und die gespenstischen Fabrikhallen und die französischen Dörfer, durch die ich als englischer Soldat im Zweiten Weltkrieg gelaufen bin, um Nazis abzuknallen. Wie unmenschlich schön war manchmal die Grafik bei diesen Spielen. Wenn da der Wind in der Nacht die Blätter der Bäume bewegte und sich die Oberfläche eines Teichs kräuselte. Die Ringe, die entstanden, wenn man ins Wasser feuerte. Die Stapfgeräusche der Spielfigur, die Laute aus der Ferne, Hundegebell und Rufe, und, am atemberaubendsten, die Momente der Stille. Mit einem Mal habe ich ein sehr intensives Bild vor Augen gehabt. Das Allerschönste an diesen Ego-Shooter-Spielen war nämlich, dass man, schon am Ende eines Levels angelangt, anstatt es zu beenden, einfach den Weg, den man gekommen war, zurücklief. Dieses Gefühl, durch die vor kurzem leergeschossenen Räume zu laufen, war etwas, das mich selbst jetzt noch, während ich hier sitze und das alles aufschreibe, in der Erinnerung daran eigentümlich tief berührt. Zwar schwang, wenn man durch diese verlassene

virtuelle Welt lief, immer auch die Vorsicht mit oder Angst, einen Gegner versehentlich nicht erledigt zu haben, oder dass vielleicht das Computerprogramm einen schon toten Feind wieder zum Leben generierte, aber das Hauptgefühl war doch das einer seltsamen Art von Freiheit, die man nie in so einem Spiel vermutet hätte. Im Nachhinein gesehen war dieses Gefühl von Spannung und Freiheit dasselbe, das mich überkommen hatte, als ich als Kind auf dem Land bei meinen Großeltern in die alten Scheunen und Häuser und verfallenen Ziegelwerke und stillgelegten Fabriken in der Umgebung eingestiegen war, um allein zwischen den überwachsenen Trümmern vergangener Existenzen umherzugehen. Da war das Alleinsein etwas unausgesprochen Notwendiges und Erhebendes. Nie war ich auf die Idee gekommen, dieses Gefühl mit jemandem teilen zu wollen.

Dann ist mir, wie als Ergänzung zu meinen vorhergehenden Gedanken, noch eingefallen, wie es war, wenn meine Freunde und ich nach solchen Computerspielmarathons wieder in die Außenwelt gewechselt waren. In den meisten Fällen war es früher Morgen gewesen. Man hatte das Spiel gelöst und zu Ende gespielt oder aus Überdruss oder Müdigkeit oder weil die Drogen ausgegangen waren, aufgegeben. Schlagartig war man aus der künstlichen Welt gestoßen. Man war zwar ernüchtert, aber immer noch unter ihrem Einfluss. Wenn ich mich damals verabschiedete und mich von der

Wohnung eines meiner Freunde auf den Heimweg machte, funktionierte meine Wahrnehmung ganz nach den eingefleischten und verinnerlichten Maßstäben des Spiels. Hinter jeder Ecke konnte der Feind stehen. Die MG-Nester waren üblicherweise nach Wegkurven postiert. Ich warf auch einen Blick auf die Dächer: Dort konnten Sniper liegen. Ich wusste, für welche Situation ich welche Waffe verwenden musste. Sogar die Natur schien sich nach solchen Spieltagen im Finstern einer abgedunkelten Wohnung verändert zu haben. Wenn Schnee fiel, sah es aus wie im Spiel, gespenstisch sanken die Flocken auf die Erde, so übertrieben friedvoll, dass es nur Gefahr bedeuten konnte. Das Spiel war noch nicht zu Ende, und ich wusste, dass ich auch in den Träumen der kommenden Nächte meine Missionen im Feindgebiet durchführen würde müssen. Bis ich eines Tages aufwachte und wieder einen Konnex zur Wirklichkeit fände. Die war oft weniger anregend und verheißungsvoll als die Welt des Computerspiels. Und dazu kam: Man hatte in ihr nur ein Leben.

Flüchtig ist mir der Augenblick vom Vortag in den Sinn gekommen, als ich auf dem Hauptplatz von Mistelbach gestanden war und sich plötzlich die Welt in die irreale Scheinwelt eines Computerspiels verwandelt hatte. Dann habe ich überlegt, ob ich mich ausziehen und Wasser in die Wanne einlassen sollte, aber stattdessen bin ich hinausgestiegen und habe mich vor den Spiegel gestellt und noch einmal

an der Lampenschnur gezogen. Die abgeschaltete Leuchtstoffröhre über dem Waschbecken hat ganz leicht im Dunkel nachgeflackert. Ich habe das nicht ausgehalten und auf den Lichtschalter für die Deckenleuchte gedrückt. Mir ist vorgekommen, als würde das Licht zeitverzögert angehen, so wie manchmal in Filmen ein Schauspieler eine Lampe anschaltet und man merkt, wie der Lichttechniker den Filmscheinwerfer eine Spur zu spät dazuschaltet. Ich habe gegen den Spiegel gehaucht und dabei unbegreiflicherweise das Wort „Bekennerschreiben" im Kopf gehabt. Dann habe ich mir wieder Mantel und Schuhe angezogen, weil ich gedacht habe, dass ich unter freiem Himmel alles leichter ertragen würde. Während ich im Hotelflur auf den Aufzug gewartet habe, habe ich die Melodie von „Lili Marleen" im Kopf gehabt, vor allem die Zeile: „Und sollte mir ein Leid geschehen…"

Als ich durch die automatische Hoteltür geschritten bin, ist gerade ein anderer Gast im Begriff gewesen einzutreten, und wir sind aneinander gestoßen. Es ist eine von diesen Türen gewesen, vor denen man erst stehenbleiben muss, damit sie aufgehen, was einem immer ein bisschen den Schwung raubt und manchmal straucheln lässt. In der Zusammenkunft des Schreckens über den unvermuteten Zusammenstoß mit dem Gewahrsein, diesen Schrecken auch gewissermaßen über Gebühr auszukosten, ist mir durch den Kopf geschos-

sen, dass es zweifellos meine Angst vor Menschen war, die mich oft für lange Zeit nicht einen Moment in Gedanken zur Ruhe kommen ließ. Diese Angst vor jedem anderen, habe ich weitergerätselt, ist aber keine Angst eines solchen, der sich einem Mächtigen unterlegen fühlt, sondern möglicherweise die Angst eines, der sich seiner relativen Gewalt und Überlegenheit bewusst ist, sie aber nicht ausüben und damit der Ohnmacht und Unterlegenheit der anderen entgegenkommen will. Aus diesem Unwillen heraus, habe ich gegrübelt, ist eine Feindschaft entstanden, ein Widerwille vor der Hörigkeitsbereitschaft der Menschen, und aus dem Unvermögen, diese Regungen in sich selbst auszutarieren, war schließlich mit den Jahren dieses Gewächs aus Scheu und Zorn zur Welt gekommen, das ich in mir trug wie ein Depotgift, wie ein Krebsgeschwür, das ebenfalls ein Eigenleben zu haben schien, sich aufplusterte oder zusammenrunzelte in einem Rhythmus aus abwechselnder Trostlosigkeit und Gleichmut. Aber bleibt mir überhaupt eine Wahl? habe ich gleich darauf gedacht. Eine andere Wahl, als den Ablauf zu beherrschen, um nicht beherrscht zu werden? Doch, da gab es etwas Drittes darüber hinaus, dessen bin ich sicher gewesen.

Wieder unter den vielen Leuten auf der Straße, ist mir zuerst so gewesen, als wäre ich unempfänglich, blind für Proportionen geworden. Natürlich habe

ich noch wahrgenommen, doch habe ich gewissermaßen nur mehr in eine Richtung gesehen. Von den Menschen und Dingen, die ich angeblickt habe, ist nichts zu mir retourniert worden, kein Gegenpfand. Ich hätte das niemandem verständlich machen können, und wenn doch, dann höchstens in sehr flapsiger, ungenauer Weise, weil auch diese Semiblindheit, die das Problem ausgemacht hat, auf das Nachdenken darüber abgefärbt hat. Ich habe mich zu der Überzeugung durchgerungen, dass wahrscheinlich dieses Nicht-nachdenken-Können das eigentliche Problem war, aber dann hat sich wieder eine besänftigende Sanftmut in mir aufzufächern begonnen.

Wenn ich es mir heute überlege, ist wohl dieser Zustand daran beteiligt oder schuld gewesen, dass ich mir bald darauf in meinen eigenen Augen gelassen und selbstsicher vorgekommen bin. In einer Straßenbahn sitzend, in die ich auf gut Glück eingestiegen war, habe ich gewusst, ich würde im Fall, dass etwas Unvorhergesehenes geschähe, automatisch und souverän reagieren. Als sich mein Gesicht in der Scheibe eines Zugs aus der Gegenrichtung gespiegelt hat, habe ich zwar mein Aussehen zu streng gefunden, so, dass sich auch alle anderen denken mussten, dass mit diesem Finsterling nicht gut Kirschen zu essen sei, aber im selben Gedankenzug habe ich gemerkt, dass ich anscheinend attraktiv auf Frauen wirkte. Manche haben mich sogar angelächelt, und ich habe mich gefragt,

woher dieser Umstand genau rührte, und mir ist nichts Markantes an meinem bisherigen Tagesablauf aufgefallen, das ich für alle Zeit so wiederholen hätte können, um für immer in diesem Status der Unwiderstehlichkeit zu bleiben. Und ich bin sicher gewesen, hätte ich am darauffolgenden Tag genau das Gleiche getan, also versucht, durch das Kopieren der Tagesbeschäftigungen wieder dieselbe Gelassenheit zu erlangen, wäre ich aufgelaufen und hätte über dem Ausbleiben des Erfolgs den Mut verloren. Man kann zum Beispiel doch nicht vorsätzlich unaufmerksam sein. Man kann auch nicht dasselbe essen wie am Vortag, nicht dieselben Orte aufsuchen – natürlich ist es möglich, das zu tun, aber allein das Wissen meiner selbst, bloßer Kopist zu sein, lässt mich instinktiv vor dieser Wiederholung zurückschrecken. Es ist das Problem des zweiten Mals, an dem ich lange Zeit so leicht scheitern konnte und weswegen ich die Angst hatte, es zu wagen. Das zweite Mal in einer fremden Stadt in dasselbe Lokal zu gehen, das zweite Treffen mit einer Frau, das zweite Interview mit einer Person, das zweite Konzert einer Band, egal wobei: immer diese Angst vor dem unweigerlichen Vergleichenmüssen, die Angst, den einmaligen Eindruck zu verfälschen und ihn der Wiederholung zu opfern, und bei alldem die Unfähigkeit, damit einigermaßen hauszuhalten.

Und doch habe ich eine Veränderung an mir vonstatten gehen sehen, wahrscheinlich ein Neben-

produkt meiner eigentlichen Metamorphose vor ungefähr einem Jahr. Mehr und mehr verlor ich nämlich die Angst vor jeglicher Wiederholung. Damit einhergegangen ist eine Art von Verachtung gegenüber allem, was mich durch Argwohn bevormunden wollte, also meistens meine eigenen Befürchtungen und meine Gedankenspiele aus Gewöhnung. Im Gegenteil, ich hatte immer öfter Lust, mich mit etwas wiederholt zu konfrontieren, mich sogar damit vorsätzlich zu überfordern. Also waren nicht die ersten Male das Um und Auf, sondern das erste und das zweite Mal und das, was darauf folgte, eine Idee von Kontinuität, gegen die sich alles andere als fauler Zauber enttarnt zeigen müsste.
An jenem Samstag, in der Straßenbahn in Brno, habe ich, in Gedanken an diese Kontinuität, für eine kleine Dauer die Gelassenheit des Glücks dingfest machen können. Ich habe die gekreuzt geschnürten Schuhsenkel der mir gegenüber mit übereinander geschlagenen Beinen sitzenden Frau gesehen: nicht mehr. Dann die von den vielen Händen verschmierte Haltegriffstange: nichts darüber hinaus. Die großflächigen Wandreklametafeln hinter den Haltestellen: einfach nur da, und das kann doch schon alles gewesen sein, oder?
Als ich gemeint habe, hinter mir im Waggon ein Schluchzen zu hören, habe ich mich nach der Richtung, aus der es gekommen war, umgeblickt, aber wieder einmal hatte ich ein Lachen für ein Schluch-

zen gehalten. Dann ist eine Frau in den Waggon eingestiegen. Sie hat, bevor sie einen der Haltegriffe angefasst hat, einen Plastiksack über ihre Hand gezogen. Dagegen geht es mir ja noch richtig gut, habe ich befunden. Und an der nächsten Station ist die Frau ausgestiegen und ein altes Ehepaar eingestiegen, beide sehr elegant gekleidet, wie für einen Ball, ihre Schuhe aber so staubig, dass man die Farbe des Leders nicht erkennen hat können. Und schließlich, beim Anblick eines kleinen Mädchens zwei Sitzreihen weiter, das auf dem Schoß ihrer Schwester gesessen ist und Spuckeblasen gemacht hat, habe ich mich vollends besänftigt gefühlt.

Ein paar Stationen weiter bin ich ausgestiegen, um wieder ein bisschen gehen zu können. In meinem Kopf sind trotz meiner momentanen Gelassenheit tausend Gedankenfäden umhergeschwirrt. Worauf zielt meine Richtungslosigkeit ab? habe ich mich gefragt. Auf ein Ausdauern? Auf ein Das-Auslangen-Finden? Und dieses – in Bezug worauf? habe ich räsoniert. Sind die Fragen falsch gestellt? Ist es in Wahrheit überhaupt möglich, Fragen falsch zu stellen?
Ich will unmittelbarer Zeuge aller Empfindungen sein, mehr als das, habe ich wie als Programm zu mir gesagt und bin weitergegangen, so aufmerksam wie schon lange nicht. Ich habe das Stolpern eines Passanten miterlebt und gewusst, dass es auch mein Stolpern gewesen ist. Ich bin miterleichtert gewe-

sen, als ein Mann geniest hat. Ich habe den Kopf mitgeschüttelt, als ein kleines Mädchen, an dem ich vorbeigegangen bin, die Frage eines anderen Kinds verneint hat. Ich bin zusammengezuckt, als ein Mann einem anderen Mann überraschenderweise die Hand auf die Schulter gelegt hat. Ich habe Sehnsucht gefühlt, als eine Frau eine Postkarte in einen Briefkasten geworfen hat. Ich habe Hass gefühlt, als zwei Hunde einander anknurrten.
In einer Fußgängerzone habe ich aus einiger Entfernung einen Straßenkünstler beobachtet, der den Clown gespielt hat. Er hat seine Scherze gemacht, indem er den Passanten hinterhergelaufen ist und ihre Gangarten persifliert und überzeichnet hat, aber kaum jemand ist stehengeblieben oder hat ihn beachtet, so als müsse es allen peinlich sein. Der Clown hat sich trotz aller Ignoranz immer wieder von neuem zum Ulk aufgerafft, bis zu dem Punkt, da ihm klar zu werden schien, dass es nichts bringen würde. Von diesem Augenblick an ist alles Clowneske von ihm abgebrochen, und er hat seine Gangart vom gespielt Tollpatschigen zu der eines normalen Fußgängers geändert. Er hat sich umgedreht und ist, seine Tasche mit den Utensilien in der Hand, fortgegangen, freilich noch in Kostümierung, aber plötzlich so traurig und geworfen wie niemand sonst.

Gleich darauf, aus Widerwillen vor noch mehr traurigen Außenweltszenen wie dieser, habe ich die

nächstgelegene Herna-Bar betreten, mich an einen Tisch gesetzt, ein Bier bestellt und mir eine Zigarette angezündet. Rechts von mir ist der Fernseher gelaufen, direkt vor mir hat eine Musikbox geblinkt, und zur Linken ist eine dieser Kranmaschinen gestanden, bei denen man mit einem Greifarm versuchen kann, ein Stofftier zu erwischen. Hin und wieder hat der Automat, um auf sich aufmerksam zu machen, ein paar Strophen eines Lieds von sich gegeben. Dazu ist konstant im Hintergrund das Radio gelaufen. Ich habe, während ich das Bier getrunken habe, wieder sehr intensiv dieses Nicht-fremd-Gefühl gefühlt, das mich mir selbst vorkommen ließ wie abgestorben, wie ein Stück Schlacke, in der das letzte Glutnest ausgekühlt ist. Es ist ganz egal, wo ich bin, habe ich gedacht, ich habe keine Angst mehr und keine Sehnsucht. Ich habe kein Verlangen gehabt, etwas in der Musikbox zu drücken, keinen Wunsch nach einem bestimmten Lied, überhaupt keinen Wunsch. Nicht danach, eine gute Figur zu machen, nicht, unangenehm aufzufallen, nicht, einen Eindruck zu hinterlassen, nicht, eine Rolle zu spielen. Ist es so banal, das Leben? habe ich gedacht, und in diesem Moment habe ich das Rieseln gefühlt und geahnt, was jetzt kommen würde, und da war ich auch schon wieder in einer Spielsituation, und ich wollte nur die Augen schließen, mich in meinem Mantel verstecken oder mich in Luft auflösen. Dass ich in wenigen Stunden ein Interview führen

sollte, ist mir wie ein schlechter Witz erschienen. Seltsamerweise bin ich aus diesem Zustand hinausgeworfen worden, als die Kellnerin der Bar plötzlich unaufgefordert den Aschenbecher auf meinem Tisch gegen einen sauberen ausgetauscht hat und ich in dieser Sekunde kurz ihren Schweiß gerochen habe. Ich war zurück in der Realität und habe dann doch nicht anders können und ein paar Münzen in die Musikbox gesteckt, und bei jedem Lied habe ich mir, noch während es gelaufen ist, gedacht: Bald wird es vorbei sein, und am Ende bin ich dagesessen, ohne mich bewegen zu können, ohne einen Finger rühren zu können, auch in den Liedern sind keine Botschaften verborgen gewesen, es hat nichts mehr gegeben, wonach ich mich richten hätte können. Erst als ich gezahlt hatte und aufgestanden bin, habe ich gemerkt, dass ich etwas betrunken war. Auf dem Weg ins Hotel habe ich zum ersten Mal an diesem Tag bewusst wahrgenommen, dass die Auslagen fast aller Geschäfte für Weihnachten geschmückt waren.

Gegen zwanzig nach fünf, als es schon düster gewesen ist, habe ich meine Sachen, die ich für das Interview brauchte, zusammengepackt und mich aufgemacht, um pünktlich bei Kroupa zu sein. Beim Einsteigen ins Auto sind mir vis-à-vis vom Hotel zwei Straßenkehrer aufgefallen. Als ich sie betrachtet habe, schien mir, als würden sie mit ihren Besen die Dämmerung in Richtung Nacht

treiben. Mit jeder Fegedrehung ihrer Körper ist die Dunkelheit gesättigter geworden.

Ich habe den Weg nicht gleich gefunden und mich einige Male verfahren, bis ich dann aber doch in der richtigen Gegend und letztlich in der richtigen Straße angekommen war. Es war eine ehemalige Industriezone, wo eine alte Fabrik neben der anderen stand. Bei der mir von Kroupa angegebenen Hausnummer bin ich in den Hof eingefahren und ausgestiegen. Es ist ein paar Minuten nach sechs Uhr gewesen, und die junge Frau, die mir über das Kopfsteinpflaster entgegengekommen ist, hat mir schon aus einiger Entfernung zugewunken. Sie hat sich als Kroupas Schwester Teri vorgestellt, wir haben einander die Hand gegeben, sie hat mich gefragt, ob ich eine gute Reise gehabt hätte, bedauert, dass ihr Bruder leider aufgehalten worden sei, und schließlich gemeint, dass wir am besten gleich hinauf in die Firmenräume schauen sollten.

Die Spieleschmiede war in einem Seitengebäude im Hof der alten Fabrik untergebracht. Teri ist vor mir die Treppen hinaufgestiegen, hat eine Tür mittels eines elektronischen Schlüssels geöffnet und mir den Vortritt gelassen. Ich habe mich in einem großen Loft befunden, an dessen linker Wand einige ältere und neuere Spielautomaten aufgereiht waren. An den Fenstern der Gegenüberwand sind die Rolljalousien herabgezogen gewesen, der gesamte Raum ist künstlich beleuchtet worden. Teri

ist vorgegangen bis ans Ende des Lofts, wo mit einem offenen Viereck aus Tischen, darauf an die zehn Rechner, der eigentliche Arbeitsbereich war. An den Wänden ein paar Screenshots, ein großer Kalender, auf dem an keinem einzigen Tag eine Eintragung zu lesen gewesen ist, sowie eine Tafel, auf der mit Kreide ein paar Worte auf Tschechisch geschrieben standen. Teri hat erklärt, dass heute, am Wochenende, nur die halbe Mannschaft versammelt sei, und hat mich den zwei Leuten, die da vor ihren Computern gesessen sind, vorgestellt, einem jungen Mann, der das Spiel testete, und einem, der für den Sound zuständig war. Ich habe den beiden die Hand geschüttelt, dann habe ich Teri gefragt, wann ihr Bruder denn voraussichtlich kommen werde, und sie hat gemeint, sie wisse es nicht, denn er sei bei einer Besprechung mit einem Geldgeber, und da lasse sich nicht sagen, wie lange das dauern werde, aber alles, was ich von ihrem Bruder erfahren könne, könne ich ebensogut von ihr erfahren. Dann hat sie von sich aus zu erklären begonnen, was denn das Neue, Besondere an dem Spiel sei, und einführend gemeint, dass dieses Spiel alle vertraute Logik über den Haufen werfen, sich selbst im Ablauf aufrollend, den Spieler überholend und widerlegend zur wahrhaften Sinnlosigkeit hinziehen werde. Es spiele in einer Welt ohne Jahreszeiten. Ohne Koordinatensystem. Ohne Grundsätze. Ohne Schlüssigkeit. Ein unendliches Spiel jenseits von Gut und Böse.

Für mich hat sich das alles eher nach Werbesprüchen angehört, aber Kroupas Schwester hat so ernst und geradezu verbissen gewirkt, dass ich nichts erwidert habe. Aber schau selbst, hat sie vorgeschlagen, und als ich sie gefragt habe, inwieweit die Dogma-2001-Regeln von Ernest Adams Bedeutung für die Entwicklung dieses Spiels hätten, hat sie gesagt, dass diese sie nicht sonderlich beschäftigen würden, auch was Molyneux und alle anderen Berühmtheiten täten, sei vielleicht nicht uninteressant, ihrem Bruder und ihr aber egal. Dann hat sie einen Rollsessel an ihren Tisch gezogen, und ich habe neben ihr Platz genommen. Sie hat nochmals gebeten, die Abwesenheit ihres Bruders zu entschuldigen, er sei schon immer so gewesen, dass er seine Termine nicht einhalten könne, und dann hat sie mir übergangslos erklärt, ein wenig im Tonfall eines Fremdenführers, dass er sich bereits seit zehn Jahren mit der Idee dieses Spiels beschäftige und dass seit sieben Jahren daran programmiert werde. Ich habe sie ersucht, mir in kurzen Worten die Geschichte des Spiels zu veranschaulichen, weil ich aus ihren vorhergehenden Andeutungen nicht ganz schlau geworden sei. Sie hat gelächelt, als hätte ich ihr ein Kompliment gemacht, und gesagt, es sei ein wenig kompliziert, aber im Großen und Ganzen handle die Geschichte von der Zukunft der Erde. Die Erde sei da von einem Virus befallen, der sich in den Träumen der Menschen eingenistet habe, ein Parasit, der zur

Bedrohung werde, da er die Träume der Menschen und damit sie selbst zu zersetzen beginne. Als Spieler bewege man sich durch seine eigene Traumlandschaft, die nach einer speziellen Logik funktioniere.
Während mir Kroupas Schwester die Synopsis des Spiels erzählt und mir dazu einige halbfertige Maps auf dem Bildschirm vorgeführt hat, ist mir aufgefallen, dass ich in meinen Gedanken immer wieder abgeglitten bin. Anstatt mein Augenmerk bei den Geschehnissen am Monitor zu belassen, ist mein Blick an der Oberfläche des Bildschirms haften geblieben, wo einige Fingerabdrücke und Wischspuren zu sehen gewesen sind. Ich habe auch das Parfum von Teri gerochen. Wenn sie mir den Kopf zugewandt hat, habe ich ihren Atem leicht auf meiner Gesichtshaut gespürt. Ich habe mich zu konzentrieren versucht und ein paar Fragen gestellt, die üblichen technischen und ein paar zur Handhabung, die nötig sind, um daraus einen halbwegs herzeigbaren Artikel gestalten zu können, aber meist habe ich von ihr nur so etwas wie „Das wird eine Überraschung" oder ein verschmitztes „Das ist geheim" als Antwort bekommen. Wenn ich richtig verstanden habe, blieb man im Spiel als Spielerfigur unsichtbar. Trotzdem hinterließ man auch Spuren, die Einfluss darauf hatten, wie sich die Räume, die man durchwanderte, nach einiger Zeit von selber generierten. Das Spiel war für unbegrenzt viele Spieler konzipiert, und das Beson-

dere war wohl, dass man die anderen Spieler nicht sah, sondern von ihnen nur über ihre Emanationen, die indirekt in Energieentladungen sichtbar wurden, eine Ahnung bekam, Energieausstöße, die wiederum zur Generierung der Umgebung beitrugen. Ich habe, ehrlich gesagt, den Sinn nicht ganz erfassen können, also habe ich Teri gefragt, was denn nun die konkreten Aufgaben seien, die man als Spieler zu erfüllen habe. Es gebe keine Aufgaben und kein Ziel im herkömmlichen Sinn, hat sie etwas zögernd geantwortet, es gehe darum, den Virus zu überstehen, und das könne gelingen, indem man Energie umzuwandeln und umzuleiten verstehe. Was macht der Virus noch einmal, habe ich mich erkundigt, und sie hat erklärt, dass er die Traumwelt, in der sich der Spieler befinde, infiziere und manipuliere, sodass einem Träume anderer Spieler gefährlich werden könnten beziehungsweise dass man selbst der Welt und den anderen zum Verhängnis werden könne. Es gab im Spiel keine vorgeschriebene Route. Der an sich lineare Verlauf wurde immer wieder von Zeit- und Ortsprüngen unterbrochen. Man kann sich gerade noch in einem Dungeon befunden haben, und im nächsten Moment ist man schon in einer Fernsehwerbung für Haarshampoo oder in einer Raumstation, die um die Erde kreist, oder in einem ganz normalen Zimmer, hat Teri lachend gemeint und mir eine Map gezeigt, die ein genaues Abbild des Lofts gewesen ist, in dem wir gesessen sind. Selbst

die Anordnung der Tische mit den Rechnern ist identisch gewesen, und als ich vor dem Abbild ihres Tisches zwei leere Rollsessel stehen gesehen habe, habe ich für einen Augenblick gefühlt, wie sich ein Anflug von Panik in mir bemerkbar gemacht hat, aber ich habe mich gezwungen, ihn zu unterdrücken. Ich habe es zwar irgendwie lachhaft gefunden, dass mir so etwas Angst gemacht hat, aber ich habe mich nicht ganz unter Kontrolle gehabt.
Die Welt ist langweilig, findest du nicht? Was ist sie schon gegen die Welt in meinem Computer? hat Teri gesagt. Na ja, habe ich antworten wollen, aber es ist nur ein Krächzen aus meiner Kehle gedrungen, und Teri hat aufgelacht, als hätte ich einen Scherz gemacht, und dann ihrerseits gesagt, dass das ein Scherz von ihr gewesen sei, und ich bin ein bisschen verwirrt gewesen, also habe ich mich geräuspert und sie gefragt, ob man hier rauchen dürfe. Sie hat zur Tür gedeutet, und wir sind ins Treppenhaus gegangen, wo ein kleiner Tisch mit einem Aschenbecher gestanden ist.

Während wir geraucht haben, hat Teri wie als Abschluss ihrer Fremdenführung durch das Programm hinzugefügt, dass dieses Spiel wahrscheinlich eher etwas für den asiatischen Markt sei, denn die Asiaten seien solchen abstrakten, untypischen Games gegenüber bei weitem aufgeschlossener. Und schließlich komme von dort auch das Geld,

hat sie gesagt und ist gleich, als hätte sie zu viel verraten, auf ein anderes Thema umgeschwenkt, und die nächsten Minuten hat sie mir von ihren letzten Reisen erzählt und davon, dass sie immer auf der Suche nach Schauplätzen und Inspirationen sei, die sie für das Spiel verwenden könne, und dass sie diese vor allem in den am wenigsten erschlossenen Gebieten der Erde finden würde. Während sie einen Zug gemacht hat, haben sich unsere Blicke im Rauchspiralwirbel ihrer Zigarette getroffen und sind kurz aneinander hängengeblieben, und für einen Augenblick habe ich im Kopf das Bild von zwei Schlangen gehabt, die sich im Paarungsspiel umschlängeln. Teri hat gemeint, dass sie versuche, ihre Traumwelten am Computer sichtbar zu machen, und dass das ihre Lebensaufgabe sei. Und ich habe an meine Träume denken müssen und mir noch eine angezündet und habe plötzlich, wie bei einer Art Beichte, begonnen, Teri von ihnen zu erzählen, von diesen Parallelwelten, die aus meinem Schlaf wachsen, und ich habe ihr diese Stadt geschildert, von der ich seit Jahren träume, in der ich mich mittlerweile so gut auskenne wie in einer wirklichen Stadt, und ich habe ihr berichtet, wie sich diese Stadt verändere, dass ich zum Beispiel ein Lokal, das vor Jahren in einem Traum aufgetaucht war, neuerdings wiedergeträumt hätte, nur dass es diesmal geschlossen und der Gastgarten verwildert gewesen sei. Oder dieses verfallene Katakombensystem, das ich als Jugendlicher ein-

mal im Traum entdeckt und erforscht hatte, das mich durch Gänge und Luken und Schächte bis in eine wunderbare Kathedrale gebracht hatte, dass dieses Kellersystem jedes Mal, wenn ich wieder davon träumte, ein Stück tiefer ins Innere hinein restauriert und ausgebaut war und damit immer mehr von seinem einstigen schauderhaften, erhabenen Zauber verlor, und die Luken, durch die ich früher schlüpfen habe können, waren zugemauert, oder ich war zu groß geworden, um durch sie zu passen. Und dann habe ich ihr dieses bestimmte Hotel aus meinen Träumen beschrieben, in das ich vielleicht zwei-, dreimal im Jahr als Träumer einchecke und in dem ich immer dasselbe Zimmer zugewiesen bekomme und dort dann auch Spuren und Reste von meinen letzten Besuchen vorfinde und mir zum Teil Dinge wieder unterkommen, die ich schon vergessen hatte, und so weiter.

Während ich Teri das alles erzählt habe, ist mir mehr und mehr zu Bewusstsein gekommen, was mit mir passiert ist, als sie mir das Setting des Spiels vorgeführt hat. Ich habe ihr gestanden, dass ein paar der Landschaften, auf die sie mich einen Blick hatte werfen lassen, genauso gut aus meinen Träumen stammen könnten, und Teri hat nichts darauf erwidert. Dann hat sie erklärt, dass die Engine, mit der die Maps zusammengestellt würden, eine besondere Engine sei. Alle Levels würden prozedural nach einem Algorithmus generiert, an

dem ihr Bruder seit fast zehn Jahren arbeite, eine Implementierung verschiedener psychologischer Systeme und derzeitig einzigartig. Ich habe gesagt, dass ich trotzdem wohl den Lesern des Magazins nicht viel Konkretes über das Spiel mitteilen werde können, und sie gebeten, mir ein paar Screenshots mitzugeben, wir sind wieder hineingegangen, und sie hat mir eine schon für mich vorbereitete CD überreicht, auf der ich, wie sie gesagt hat, ein paar schöne Bilder finden würde. Dann, so als wäre meine Besucherzeit soeben abgelaufen, hat Teri sich erkundigt, ob ich umgehend nach Wien zurückfahren würde, und ich habe ihr gesagt, dass ich in einem Hotel in Brno untergebracht sei und erst morgen heimfahren würde. Sie hat kurz gezögert und mich dann gefragt, ob ich sie mit dem Auto in die Innenstadt mitnehmen könne, und ich habe gesagt „Na sicher" und mich von den anderen beiden aus dem Team verabschiedet, Teri hat ihre Jacke geholt, und wir sind gemeinsam hinuntergegangen.
Im Auto hat Teri mir ein paar Fragen über meine Familie, mein Zuhause gestellt und wollte wissen, wo ich in Wien an Samstagen ausgehen würde, und ich habe so getan, als wäre das tatsächlich öfters der Fall, und habe ihr ein paar Lokalnamen genannt, in denen ich in Wahrheit schon lange nicht mehr gewesen bin, und gleich darauf habe ich mich erkundigt, wo man denn in Brno so am Abend und in der Nacht ausgehen könne, und da hat sie wie

aus dem Nichts heraus den Vorschlag gemacht, ich solle sie doch begleiten, sie werde heute mit zwei Freundinnen in einen Club gehen und vorher könne ich, wenn ich Lust dazu hätte, bei einem gemeinsamen Abendessen dabei sein, und ich habe Ja gesagt und sie gefragt, ob ihr Bruder auch dazustoßen werde, weil ich ihn gerne kennengelernt hätte, und sie hat gemeint: „Vielleicht".

Ihre Wohnung war im obersten Stockwerk eines Hauses im Bezirk unter dem Spilberk, und als wir im Treppenhaus nebeneinander hochgestiegen sind, habe ich das eigenartige Gefühl gehabt, als wären Teri und ich alte Freunde, so vertraut ist mir ihre Gegenwart gewesen, und trotzdem war da etwas, das mich vorsichtig sein hat lassen. Sie hat die Wohnungstür aufgesperrt und mich hineingebeten. Ich habe meinen Mantel an der Garderobe abgelegt und bin Teris Aufforderung nachgekommen, ihr Gesellschaft zu leisten, während sie in der Küche das Abendessen vorbereiten werde. Ich habe beim Küchentisch Platz genommen, Teri hat sich und mir ein Glas Wein eingeschenkt, das Küchenradio eingeschaltet und begonnen, eine Art vegetarische Lasagne zuzubereiten. Ich habe mich, während meine Blicke ihren Fingerbewegungen beim Hantieren mit den Zutaten gefolgt sind, angestrengt, möglichst normal zu denken und mich nicht automatisch an irgendeine Computerspielszene erinnert zu fühlen,

und das hat auch eine Weile ganz gut funktioniert, bis Teri dann von sich aus über ihre Lieblingsspiele geredet hat, aber selbst da hat die Wirklichkeitsentfremdung, die mich manchmal quält, nicht überhand genommen, gerade, als wäre man solange davor gefeit, solange man nur darüber spricht. Ich habe ihr dann, als sie mich gefragt hat, was denn eigentlich meine Lieblingsspiele seien, davon erzählt, dass sich, nachdem ich sicherlich tausende Spiele in meinem Leben gespielt habe, immer mehr Überdruss in mir aufgestaut hat, weil mich kaum noch etwas erstaunen hat können, und dass ich deswegen in letzter Zeit wieder zu den allerersten Spielen zurückgekehrt bin, zu den Atari-2600-Modulen. Ich habe Teri darzulegen versucht, dass im Grunde die simpelsten Games die besten seien, nicht die ausgefeilten, ausgeklügelten, vielschichtigen Echtzeit-Strategiespiele oder Adventures oder Ego-Shooter, sondern solche frühen Programme wie „Maze Craze" oder „Pong". Ein Ball, zwei Seiten, ein Hin-und-Her. Das sei etwas Elementares, etwas, das der Wahrheit am nächsten komme, habe ich Teri vorgeschwärmt. Und ich habe hinzugefügt, dass allerdings auch die ersten professionellen Autorennspiele eine Leidenschaft von mir seien. Das Gefühl, mit einer Blondine am Nebensitz über kalifornische, von Palmen gesäumte Straßen zu brettern. Und nie will man dabei vom Gas runtergehen, und manchmal kracht man in eine dieser Palmen, und an der Hügelflanke sind

die großen weißen Lettern von Hollywood zu sehen und die blinkende Frage „Continue?", und immer will man weitermachen.
Teri hat mich dann gefragt, wie mir Brno gefalle, und ich habe gesagt, ich würde bedauern, dass die Stadt mittlerweile so aussehe wie jede andere Stadt in Mitteleuropa, dass kaum noch eine regionale Besonderheit zu erkennen sei, und im weiteren habe ich gemeint, dass überhaupt für mich immer weniger Orte auf der Welt existieren würden, an denen ich mich fremd fühlen könne, und dass ich mich nach einem Ort wie der Antarktis sehnen würde wie nach einem Gegengift gegen die Fremdlosigkeit. Ich habe mich in meinen Redefluss hineingesteigert und ihr gestanden, dass ich für lächerlich und tödlich hielte, was mit der Welt geschehe, und weiter gemeint, dass man nur wenig Verbündete finden würde, dass es höchstens einen Haufen blinder Eiferer gebe, daneben ein paar Gute-Laune-Macher, deren Durchhalteparolen längst Teil dessen seien, wogegen sie anzukämpfen vorgäben, und sonst nur noch die Resignierten, die alles den Bach hinunter laufen sähen und doch nichts dagegen unternehmen könnten oder wollten. Und das Einzige, was Teri darauf erwidert hat, war „Der Fortschritt ist nicht aufzuhalten", und dieser Satz hat mich zum Verstummen gebracht. Dann hat sie einen anderen Radiosender eingestellt, und ich habe ihr zugesehen, wie sie die Kasserolle Schicht für Schicht mit Teigblättern und

Sugo und Radicchio-Blättern ausgelegt hat. Ich habe mich dumm gefühlt, weil ich so in Rage geraten war und vor ihr mein Herz geöffnet hatte wie vor jemandem, den ich schon jahrelang gut kenne. Vielleicht ist das, was ich anschließend gemacht habe, auch als eine Art Rache zu sehen. Ich habe nämlich, als Teri sich entschuldigt hat, um auf die Toilette zu gehen, das Gefrierfach ihres Kühlschranks geöffnet und den kleinen Briefbeschwerer mit dem Skorpion hineingelegt. Dann habe ich mich schnell wieder hingesetzt und mich möglichst unbefangen gegeben, so als wäre in der Zwischenzeit nichts vorgefallen.

Kurz nach neun Uhr hat es an der Wohnungstür geläutet, Teri ist aufmachen gegangen, und ihre zwei Freundinnen sind vor mir gestanden, die sich als Jana und Sofia vorgestellt haben, Teri hat die Kasserolle in den Ofen geschoben, und wir haben uns alle an den Wohnzimmertisch gesetzt. Mir zuliebe haben sich die Mädchen bemüht, Deutsch beziehungsweise Englisch zu sprechen, was ganz gut geklappt hat, auch wenn ich es lieber gehabt hätte, wenn sie, ohne auf mich Rücksicht zu nehmen, Tschechisch geredet hätten, denn dann hätte ich meinen eigenen Gedanken nachhängen können. Eine von ihnen hat einen Joint angezündet, und wir haben alle daran gezogen, und dann hat Teri eine CD eingelegt, und bis die Lasagne fertig gewesen sind, haben wir uns in Smalltalk geübt, und ich

habe augenblicklich bereut, nicht auf eigene Faust losgezogen zu sein.

Während wir gegessen haben, sind meine Gedanken immer wieder von den Wörtern und Sätzen der anderen fortgeschweift. Ich habe teilweise mitgezählt, wie oft ich den Bissen, den ich im Mund hatte, gekaut habe. Als ich konzentrierter auf die Musik geachtet habe, habe ich den Eindruck gehabt, als ob die Lieder alle eine Spur zu langsam wären. Eine der beiden Freundinnen Teris hat mich etwas gefragt, und ich habe mich zusammenreißen müssen, um ihr eine adäquate Antwort präsentieren zu können. Anstatt ihr Auskunft darüber zu geben, wo ich in Brno untergebracht sei, hätte ich sie lieber gefragt, ob ihr die Geschwindigkeit der Musik ebenfalls sonderbar vorkomme, aber ich habe es mir verkniffen.

Im weiteren Gespräch mit ihr ist mir aufgefallen, dass sie immer wieder eine Augenbraue hochgezogen hat, weswegen ich an „Civilization" denken habe müssen, und zwar an die Szenen, in denen man mit einem fremden Herrscher diplomatische Gespräche führt und anhand der Mimik des Gesprächspartners, der Bewegungen seiner Augenbrauen und Mundwinkel, seine Reaktion auf das ihm Vorgebrachte abschätzen kann. Auch das habe ich für mich behalten.

Als alle gerade über irgendetwas gelacht haben und ich aus Höflichkeit mitgelacht habe, ist mir ein Kollege vom Magazin eingefallen. Dieser viel-

leicht zwanzigjährige Gamer war insofern bemerkenswert, als dass er, wenn in Gesellschaft gelacht wurde, nicht mitlachte, sondern stets bloß ein lakonisches „lol" von sich gab, ohne dabei auch nur annähernd ein Lächeln zu zeigen, was ihn niemandem sehr geheuer machte. Einige Sekunden lang habe ich überlegt, ob ich diese Anekdote hier aufs Tapet bringen solle, aber ich habe befürchtet, die anderen könnten aus dieser Assoziation erraten, dass ich vorhin allein aus Anstand mitgelacht hatte. Es hat sich wieder dieses Rieseln in mir ausgebreitet, und ich habe mir sofort, als alle fertiggegessen hatten, eine Zigarette angesteckt und gehofft, dass ich von keiner Panikattacke oder etwas Ähnlichem heimgesucht werden würde, und ich habe mich angestrengt, an etwas möglichst nicht Verfängliches zu denken.

Ich bin froh gewesen, als ich mich anbieten konnte, Teri zu helfen, das Geschirr in die Küche zu tragen, und doch ist es geschehen, dass ich, ausgelöst durch einen Blick auf die überfüllte Abwasch, in eine Gedankenfalle getappt bin. Schon einige Male war es mir in den letzten Monaten unterlaufen, dass ich unvermittelt wie ein Zwangsneurotiker einem Ordnungswahn gehorchen musste. Diesem Wahn war, wie mir heute klar wird, die Erwägung zugrunde gelegt, dass, wenn nur alles parat und geordnet sei, mir nichts zustoßen könne und dass

es allein darauf ankomme, alles bei der Hand zu haben, wenn man es benötige. In Teris Küche habe ich plötzlich gemerkt, dass sich wieder so ein Ordnungsanfall ankündigte. Ich habe mich zusammengerissen und mit aller Kraft von meinem Wahn abzubringen versucht, aber wieder bei Tisch ist es mir passiert, dass ich zwanghaft das Zigarettenpäckchen, das schief zur Tischkante gelegen ist, zurechtrücken wollte. Ich habe in letzter Sekunde meine Bewegung korrigiert, indem ich das Päckchen in die Hand genommen, es aufgeklappt und eine Zigarette herausgezogen habe. Obwohl es mich gereizt hat, habe ich mir dabei nicht erlaubt, „Voilà" zu sagen wie ein Zauberer, der ein Kaninchen aus dem Hut holt. Das Feuerzeug, mit dem ich mir die Zigarette angezündet habe, habe ich bewusst nicht parallel zum Tischrand neben mein Glas gelegt. Aber auch diese absichtliche Unordnung ist mir wie eine Ordnung vorgekommen, die mich verraten könnte, also habe ich das Feuerzeug noch einmal in die Hand genommen und es möglichst lässig auf den Tisch geworfen, wo es allerdings parallel zur Tischkante liegengeblieben ist, wie um mich zu ärgern. Ich habe ihm daraufhin einen kleinen Schubs mit dem Finger gegeben, sodass die Spitze des Feuerzeugs, wie beim Flaschendrehen-Spiel, auf Teri gezeigt hat. Gespielt geistesabwesend habe ich es weitergedreht, bis die Spitze auf niemanden mehr gezeigt hat. Dann habe ich Teri und ihre zwei Freundinnen gemustert, ob

sie etwas von dem ganzen mitbekommen hatten, doch sie haben nicht den Anschein gemacht.
Beim Bericht eines der Mädchen über einen kürzlich gesehenen Film habe ich die dringende Lust verspürt, irgendetwas Verstörendes von mir zu geben. Ich habe mit dem Gedanken gespielt, mir den Speichel aus dem Mund laufen zu lassen, so wie es Behinderten und Kindern passiert, oder nur noch zu grunzen anstatt zu reden oder mir das Glas Wein über den Kopf zu schütten, aber als mein Blick auf Teri gefallen ist und ich gemerkt habe, dass sie mich anblickte, habe ich mich beherrscht. Und trotzdem hat es mir weiterhin nicht so recht gelingen wollen, mich auf das zu konzentrieren, was die anderen von sich gegeben haben. Während ich so getan habe, als würde ich ihren Geschichten aufmerksam zuhören, habe ich mir der Reihe nach vorgestellt, wie es sein würde, mit Teri, Jana und Sofia zu schlafen, und in meinem Kopf möglichst pornografische einsilbige Wörter formuliert, bis diese sich aufgelöst haben und auch ganz unverfängliche Wörter so geklungen haben, als würden sie etwas Obszönes bezeichnen, etwa so:

Blut Fit Prinz Schlot Luft Kitt Watt
Gut Fett Dachs Schub Glas Glut Eck
Gel Sieb Leib Sekt List Brut Fuß Schrank

Für einen Moment, als Jana mich gefragt hat, ob ich noch etwas Wein haben wolle, habe ich das

gicksende Gefühl im Körper gehabt, jetzt auf der Stelle den Verstand zu verlieren, ein Gefühl, das mich an das Gefühl beim Hochschaukeln als Kind erinnert hat. Dann habe ich die Worte denken müssen: „bis auf die Knochen". Ich habe mein Glas hingehalten, damit sie mir nachschenken konnte. Als nächstes ist mir ein Kinderauszählreim eingefallen. Still habe ich die Anwesenden ausgezählt. Teri ist übriggeblieben. Zugleich ist in mir das Wort „Selbstauslöser" laut geworden. Um nicht vor den anderen durchzudrehen, habe ich mich freundlich lächelnd entschuldigt und bin aufs Klo gegangen.
Ich habe, als ich die Badezimmertür zugesperrt hatte, den Klodeckel heruntergeklappt und darauf Platz genommen. Ich habe von draußen die Musik und die Stimmen der Mädchen hören können und mir beide Zeigefinger in die Ohren gesteckt. Dort, wo mein Herz sein sollte, habe ich gedacht, ist ein schwarzes Loch, und ich habe mit der Hand in dieses schwarze Loch gegriffen, und mein Ich ist aufgesaugt worden. Ich habe gefühlt, dass es Momente geben kann, in denen die Kaltblütigkeit eines Mörders sich nicht vom Gefühl eines aus Güte handelnden Menschen unterscheidet. Und dann habe ich den Gedanken gehabt, dass mein Herz wahrscheinlich genau die Größe des Faustkeils hatte, der da draußen in der Garderobe in der Tasche meines Mantels lag, und ich habe mich gefragt, ob ich den Stein deswegen gestohlen hatte,

um mit seiner Hilfe das Loch in meiner Brust auszufüllen. Und noch eine Weile ist das Wort „Phantomherz" durch meinen Kopf geschwirrt, dann habe ich die Finger aus den Ohren gegeben, die Spülung betätigt und mich zu Teri und ihren Freundinnen gesellt, als ob nichts geschehen wäre. Den Rest des Abends, bis gegen elf Uhr beschlossen worden ist, uns nun gemächlich auf den Weg zu machen, habe ich viel und schnell Wein getrunken, und mit den verstreichenden Minuten ist die Beklemmung immer mehr von mir gewichen, und wie wir alle in meinem Auto gesessen und zu dem Club gefahren sind, in dem die Mädchen tanzen wollten, habe ich noch ein paar Züge von dem Joint genommen, den mir Sofia angeboten hat, und irgendwie ist es mir dann auf einmal wieder gut gegangen und fast ist mir gewesen, als würde sich alles von selbst lösen und als könnte es in der Gefolgschaft dieser Gelöstheit nur eine buchstäblich unvergessliche Nacht werden.

Der Club war ebenfalls am Stadtrand von Brno, im Areal einer stillgelegten Fabrik, ähnlich der von Kroupas Spieleschmiede. Als wir beim Hauptportal eingetreten sind, ist mein Eindruck gewesen, solch ein Surrounding aus noch keinem Game zu kennen. Im ersten, großen Raum sind mehrere Sitzgruppen von Fauteuils und Sofas gestanden, fast alle belegt von Leuten, die aber seltsamerweise kaum miteinander gesprochen haben, sondern zum

Großteil schweigend und rauchend vor sich hinzuträumen oder in der sehr leisen Violinmusik, die man im Hintergrund hören konnte, versunken zu sein schienen. An einigen Stellen haben sich große Volieren befunden, in denen Papageien, ebenso apathisch wie die anwesenden Menschen, auf ihren Stangen gehockt sind. Das Ambiente hat etwas Gespenstisches gehabt. Darauf angesprochen, hat Teri gemeint, dass das ja nur das Vorzimmer sei, und wir sind quer durch den Raum gegangen, bis wir zu einem alten Lastenaufzug gekommen sind, vor dem ein muskulöser Mann wie ein Leibwächter gestanden ist. Teri hat ein paar Worte zu ihm gesagt, er ist mit dem Fuß auf einen Knopf auf dem Boden gestiegen, hat dann die Türen des Aufzugs auseinander geschoben und uns eintreten lassen. Hinter uns hat er die Türen geschlossen, und wir sind nach unten gefahren. Dort wurde der Lift wieder von so einem Leibwächter-Typ geöffnet, und wir sind vor einer großen Eisentür mit einem Guckloch gewesen, hinter der dumpf Techno-Bass zu hören war. Auf der Tür hat man in großen roten Lettern „SUBMIT" lesen können, und ich habe entdeckt, dass irgendwer, vielleicht mit einem Messer, daneben die Wörter „TO ME" ins Metall geritzt hatte. Teri hat auf die Klingel neben der Tür gedrückt, ein paar Sekunden danach sind wir hineingelassen worden und in einen Käfig eingetreten, der auf der anderen Seite von einem weiteren Türsteher geöffnet worden ist, und weiter einen Gang

entlang, an dessen Ende ein dicker dunkelroter Samtvorhang gehangen ist. Die Musik ist hier bereits so laut gewesen, dass ich Teri ins Ohr schreien musste, um ihr mitzuteilen, dass ich mir genau so ein Hochsicherheitsgefängnis vorstellen würde. Nach dem Vorhang hat es eine Garderobe gegeben, an der die Mädchen ihre Jacken und Taschen und ich meinen Mantel abgegeben haben, bevor wir durch einen zweiten Vorhang endlich in einen großen Saal gekommen sind, in dessen Mitte eine Tanzfläche, an den Seiten eine Bar, auf einem Podest das DJ-Pult und rundherum, wie in einer Arena, Nischen mit Fauteuils und kleinen Tischen. Ich habe vorgeschlagen, uns da hinzusetzen, und Teri hat mir daraufhin mitgeteilt, dass man sich eine Flasche Wodka bestellen müsse, wenn man sich in so eine Couchnische setzen wolle, also habe ich das getan, und als der Kellner die Flasche und die Gläser gebracht hat, haben die drei Mädchen mit mir und untereinander Bruderschaft getrunken, was mir zwar irgendwie lächerlich oder unglaubwürdig vorgekommen ist, aber ich habe trotzdem mitgemacht, und Sofia hat noch einen Joint hervorgezogen, den wir geraucht haben, und dann sind Jana und Sofia tanzen gegangen und haben Teri und mich allein in der Couchnische gelassen. Eine Weile sind wir nur schweigend nebeneinander gesessen und haben den Tanzenden zugesehen. Ich habe mich kurz gefragt, ob das möglicherweise der Club war, den ich am Nach-

mittag im Fernsehen gesehen hatte, und habe nach Kameras Ausschau gehalten. „Gefällt dir, was du siehst?", habe ich, die „Sims" zitierend, zu Teri gesagt, aber sie hat genickt, ohne dass ich sagen hätte können, ob das als Antwort gemeint war oder es lediglich eine höfliche Geste gewesen ist.

Bald darauf ist ein junger Mann an den Tisch gekommen, den Teri sichtlich gekannt hat, denn sie haben einander mit einem Kuss auf die Wange begrüßt und einige Worte gewechselt, dann ist er weggegangen und nach ein paar Minuten mit einem Tablett wiedergekommen, auf dem zwei Röhrchen gelegen sind. Ich habe mich vorgebeugt und Teri gefragt, was das sei, und sie hat gemeint „MDMA" und eines der Röhrchen aufgeschraubt und den Inhalt auf das Tablett geschüttet. In dem Augenblick habe ich gedacht, dass vielleicht meine Verworrenheit im vergangenen Jahr und mein seltsames Befinden der letzten Tage mit einer großen Verausgabung bereinigt werden könnten, und ich habe einen Schluck Wodka genommen und es Teri gleichgetan, die sich mit einem 500-Kronen-Schein ein wenig von dem Zeug durch die Nase gezogen hat. Auch Jana und Sofia sind plötzlich wieder dagesessen, und ich habe das Tablett an die beiden weitergereicht, und danach sind wir alle zusammen auf die Tanzfläche gegangen, und ein Gefühl von Zugehörigkeit und Wärme, ähnlich dem, das man empfindet, wenn man verliebt ist, ist in meinem Inneren aufgegangen, und im lauten Hämmern der

Musik und beim Anblick der Leute, die im Stroboskob-Licht ihre Körper bewegt haben, sind alle meine üblichen Bedenken und Skrupel in der Gesellschaft von Menschen zum Schweigen gebracht worden, und nach einiger Zeit des Tanzens habe ich mit beglückender Klarheit gefühlt, dass egal, was passiert, am Ende alles seine Richtigkeit haben werde.

Ich kann mich gar nicht mehr an etwas Besonderes während der Stunden in diesem Club erinnern, nur an mein Tanzen und die Musik und das wohlige Empfinden, sich nicht erklären zu müssen, für lange Zeit. Irgendwann bin ich ausgelaugt gewesen und habe mich in die Couchnische zurückgezogen. Teri ist wenig später nachgekommen, und als ich sie gefragt habe, wie spät es sei, hat sie sechs Finger hochgehalten, und als ich mich nach Sofia und Jana erkundigt habe, weil ich sie nirgendwo unter den Tanzenden ausfindig machen habe können, hat Teri mit den Schultern gezuckt. Ich habe von ihr wissen wollen, ob sie denn glaube, dass ihr Bruder jetzt noch auftauchen werde, und sie hat resolut den Kopf geschüttelt und gemeint, dass er sehr schüchtern sei, und ich habe geantwortet, dass das ja nichts Schlechtes sei, und wir haben noch eine Flasche Wodka bestellt und das letzte Zeug geschnupft, und dann habe ich mich leicht an sie gelehnt, aber Teri hat mich weggeschoben und ist aufgestanden und hat sich wieder unter die Tan-

zenden gemischt, und ich bin sitzengeblieben und habe mich auf einmal wieder eine Spur elend gefühlt.

Wie ich da so allein gesessen bin, habe ich an das Gespräch mit Teri in ihrer Küche gedacht, wie sie davon gesprochen hat, dass sie überzeugt sei, dass sich die Menschen in Zukunft immer mehr in virtuelle Räume begeben würden, weil man sich dort noch wohlfühlen könne, und dass die Entwicklung in diese Richtung schon umfassender und virulenter sei, als man denke, und dass das nun einmal so sei, entweder man springe auf den Zug auf und verdiene Geld mit den Sehnsüchten der Menschen, oder man bleibe hinter der Zeit zurück. Ich hatte ihr widersprochen, doch das habe ich zu lustlos und zu wenig vehement gemacht, denke ich heute.
Ich habe mir nachgeschenkt und meinen Blick durch das Lokal streunen lassen. Wenn ich dabei die anderen Leute zu Gesicht bekommen habe, ist mir gewesen, als würde ich jeden da schon von irgendwo kennen, und mir sind die Spielfiguren eingefallen, die man am Anfang von einigen Spielen wählen oder sich aus verschiedenen Komponenten zusammensetzen kann: Frisur, Hautfarbe, Körperform, Kleidung, Charakter. Und ich habe weiter an die Leute gedacht, die Geld damit verdienen, dass sie einen Charakter in einem Spiel hochleveln und im Internet zum Verkauf anbieten, und unver-

sehens ist mir der junge Dauerspieler in den Sinn gekommen, den ich einmal für einen Artikel interviewt habe und der mir erzählt hat, dass er den Tag verfluche, an dem er zum ersten Mal die CD mit dem Spiel, nach dem er süchtig geworden sei, in das Laufwerk seines Rechners geschoben habe.
Diese Erinnerung ist wohl der Auslöser gewesen, dass ich genug von der Atmosphäre in diesem Club gehabt habe. Ohne mich um eine Verabschiedung zu kümmern, bin ich aufgestanden, habe mir die halbleere Wodkaflasche geschnappt und bin gegangen. An der Garderobe habe ich meinen Mantel geholt und bin durch die Gitter- und die Eisentür zurück, mit dem Aufzug hochgefahren, durch den seltsamen Raum, in dem immer noch ein paar Leute herumgesessen sind und die Papageien mit ihren müden Augen meinen Schritten zum Ausgang folgten. Draußen habe ich zuerst so tief Luft geholt, wie ich konnte, um all die verbrauchte, stickige Luft in meinen Lungen gründlich loszuwerden. Ich habe gemerkt, dass ich einigermaßen aufgekratzt war, und von der lauten Musik habe ich ein angenehmes Rauschen im Ohr gehabt, und ich habe den Kopf in den Nacken gelegt und mein Gesicht dem schon nicht mehr weit von der Dämmerungshelle entfernten Himmel über mir entgegengehalten, und in den Scheinwerfern über dem Lokaleingang hat man Schneeflocken fliegen sehen, und ich habe mir gewünscht, es würde sehr lange nicht aufhören zu schneien, und habe ein paar

Sekunden darauf geachtet, ob sich im Fall der Flocken vielleicht ein Muster feststellen lassen würde, ob sich eine Reihe wiederholen würde, aber sie sind zu schnell und zu dicht gefallen, so dass es mich fast wütend gemacht hat, dass ich nur so langsam schauen konnte. Dann habe ich in meine Hosentasche gegriffen, um mein Taschentuch herauszuziehen, und dabei auch mein Handy herausgezogen und bemerkt, dass auf dem Display die Nachricht stand, dass jemand in Zwischenzeit angerufen hatte, und neugierig, wer das gewesen ist, habe ich meine Mobil-Box angewählt. Als Nachricht ist allerdings bloß ein Rascheln zu hören gewesen und Schritte einer gehenden Person. Anscheinend hatte jemand vergessen, bei seinem Handy die Tastensperre zu aktivieren, und eine zufällige Berührung hatte unbeabsichtigt meine Nummer angewählt.

Während ich diesen unbekannten Schritten gelauscht habe, ist mir eingefallen, dass etwas Ähnliches schon vor einiger Zeit passiert war. Da hatte ich als Nachricht auf meinem Anrufbeantworter minutenlang nur das Stimmengewirr einer Party oder eines Lokals gehört. Ich hatte damals versucht, Stimmen zu erkennen oder anhand von Geräuschen auszumachen, woher der Anruf kam, von dem der Besitzer des Telefons sichtlich nichts wusste, aber es war mir nicht gelungen. Zumindest war ich einen Augenblick lang von dem Umstand gerührt gewesen, dass meine Nummer im Handy

eines anderen Menschen eingespeichert war. Und allein schon mitanzuhören, wie woanders ein Fest gefeiert wurde, hatte etwas Intimes, so dass ich mich fast als Gast der Party fühlen konnte. Ich hatte mit dem Gedanken gespielt, die Nachricht auf mein Mini-Disc-Gerät aufzunehmen und beim Einschlafen in einer Endlosschleife abspielen zu lassen, so ist mir das wieder in den Sinn gekommen, als ich vor dieser alten Fabrik gestanden bin.

Und eben da ist mir auch aufgefallen, dass ich die vergangenen Stunden, während des Tanzens, keinen Augenblick lang das Gefühl gehabt hatte, dass etwas mit der Realität nicht ganz stimmen würde, und nun erst, allein und unter freiem Himmel, hat sich in mir wieder leicht dieser Vorbehalt geregt, dieses Misstrauen der Wirklichkeit gegenüber, und es war nur in Gang gesetzt worden durch das Betrachten des Schneefalls und diese seltsame Nachricht auf meinem Handy, und als ich nachgeschaut habe, von wem dieser Anruf stammte, ist als Herkunft nur „Unterdrückte Nummer" zu lesen gewesen, und ich habe mein Handy ganz ausgeschaltet und mich ins Auto gesetzt.

Ich bin hellwach gewesen, und ich habe gedacht, dass es keinen Sinn mehr machen würde, schlafen zu gehen, also habe ich den Motor angelassen und bin zu meinem Hotel beim Bahnhof gefahren, habe meine Sachen aus dem Zimmer geholt, die Rechnung bezahlt und bin in Richtung Österreich losgestartet.

Die Autobahn bis zur Grenze hin ist kaum befahren gewesen, und ich habe mit der Vorstellung gespielt, als einer der letzten aus einer Zone zu fliehen, in der ein Reaktorunfall passiert ist. Ich habe auch daran gedacht, was sich vielleicht noch ergeben hätte, wenn ich auf Teri gewartet und mit ihr nach Hause gegangen wäre, und irgendwie hätte ich schon Lust dazu gehabt, aber größer war mein Bedürfnis, allein zu sein.

Bei der Grenze bin ich sowohl auf der tschechischen wie auf der österreichischen Seite durchgelassen worden, ohne dass auch nur ein näherer Blick auf meinen Pass geworfen wurde, den ich den Grenzpolizisten – wie ein Kriminalbeamter seine Dienstmarke lässig zwischen den Fingern haltend und möglichst nüchtern dreinblickend – entgegengestreckt habe.

Ungefähr einen Kilometer nach der Grenze, knapp vor Drasenhofen, habe ich bei einer Ausweiche angehalten. Ich habe eine geraucht, in die Gegend geblickt und nachgedacht, ob es nicht am vernünftigsten wäre, heimzufahren oder mir wieder in irgendeinem Ort ein Zimmer zu nehmen. Doch mit den verstreichenden Minuten, wie ich da im Auto in dieser morgendämmrigen Winterlandschaft gesessen bin, habe ich gemerkt, dass es sinnlos wäre, weil ich immer noch nicht schlafen würde können. Ich habe nach wie vor in mir das Verlangen nach etwas Neuem, Unbekannten gehabt, nach etwas, das mich vielleicht richtig über den Haufen

werfen würde. Außerdem bin ich seit jeher einer gewesen, der nie aufhören hat können. Immer schon habe ich noch eins draufsetzen müssen. Ich habe auch in gewisser Weise geahnt, mit dieser Nacht am Ende eines Levels in meinem Leben angelangt zu sein, und das Letzte, was ich zu tun hatte, um weiterzukommen, um einen neuen Abschnitt zu betreten, war, noch etwas zu wagen und zu sehen, was dabei passiert. Es ist ja gleichfalls bei den Jump&Run-Spielen meiner Kindheit das Schönste gewesen, wenn man am Ende eines Levels angelangt war und die Spielfigur in das dunkle Tor am rechten Bildschirmrand steuerte, dann das Surren und Rattern des Laufwerks hören und sich befriedigt die von den Joystickbewegungen schmerzenden Fingermuskeln massieren konnte, während das nächste Level geladen wurde. Für diese Sekunden konnte man den Blick vom Bildschirm lösen und aus dem Fenster schauen, wo die Wirklichkeit lag, und dabei hatte man immer ein wenig das Gefühl, ihr gewissermaßen einen Schritt voraus zu sein, und dazu kam die Spannung, was einen in der nächsten Welt alles erwarten würde. Also habe ich, vorerst ohne einen Plan, den Motor angelassen und bin weitergefahren. Ich habe daran gedacht, womöglich noch einmal meinen Bruder in Helfens aufzusuchen und bin deswegen Richtung Laa an der Thaya abgebogen. Ich habe mir ausgemalt, ihn aufzuwecken und ihm den Faustkeil wie ein Beweisstück unter die Nase zu

halten, und er würde Verständnis für mein Handeln haben. Aber als ich dann eine halbe Stunde später wieder von weitem die markante Erhebung der Staatzer Klippe gesehen habe, ist mir eine andere Idee gekommen, und zwar die, dort hinaufzusteigen. Ich war zuletzt als Kind mit meinen Großeltern oben gewesen, und die Erinnerung daran war von einem geheimnisvollen Schauder begleitet, und somit war es für mich schon eine ausgemachte Sache, endlich habe ich ein Ziel gehabt, auf das ich mich freuen konnte.

Und doch hat im Grunde genommen genau ab diesem Augenblick das Unheil begonnen. Schon bei der Kurve vor dem Ortsschild von Staatz-Kautendorf hat mich ein Schreckmoment durchschauert, denn für eine Sekunde ist mir ein toter Hase aufgefallen, der im Schnee im Straßengraben gelegen ist. Sein Kopf ist um neunzig Grad nach hinten verdreht gewesen, und auf und neben ihm sind ein paar Saatkrähen gehockt und haben in sein Fell gehackt. Als ich hingesehen habe, habe ich mir eingebildet, dass der Hase sich bewegte, und wie als Bestätigung habe ich im Rückspiegel die Krähen gemeinsam auffliegen sehen. Ich habe plötzlich ein übles Gefühl gehabt und die Idee, zur Ruine hinaufzusteigen, gar nicht mehr so originell gefunden, aber ich habe nun auch keinen Rückzieher vor mir selbst machen wollen. Ich habe die Wodkaflasche aus der Mittelkonsole geholt, in der ich sie

vor der Grenzüberfahrt verstaut hatte, und habe, während ich den Wagen die Kurven zum Fuß des Felsens hinaufgelenkt habe, ein paar Schlucke getrunken, bis es mich geschüttelt hat. Beim Parkplatz habe ich angehalten, bin ausgestiegen, habe mir den Mantel zugeknöpft und begonnen, den schmalen Pfad zur Ruine hinaufzugehen. Wegen meiner schlechten Kondition bin ich ziemlich bald außer Atem gewesen, außerdem habe ich auf halbem Weg registriert, dass irgendetwas mit mir nicht gestimmt hat. Meine Optik ist anders als sonst gewesen, der Erdboden, über den ich gegangen bin, ist wesentlich weiter weg gewesen, als ich es gewohnt war, und die Umrisse der Steine und Zweige sind schärfer gewesen, und irgendwelche Schatten, die ich aus den Augenwinkeln sehen konnte, sind um mich herumgewuselt, und dann habe ich andauernd an das Wort „Architektur" denken müssen, bis es vollkommen sinnentleert gewesen ist und ich in Gedanken nur noch seine Laute repetiert habe. Bei den Schussscharten in einem Durchgang vorbeigehend, habe ich die eingefleischte Angst gehabt, in eine Falle zu tappen, aus der möglicherweise Pfeile rausschießen könnten. Ich habe mich tatsächlich reflexartig geduckt und bin unter den Scharten vorbeigeschlichen.

Oben angekommen, ist mir schwindlig und etwas schlecht gewesen. Ich habe es momentlang bereut, nicht in das Hotel in Brno zurückgekehrt zu sein. Der Boden auf dem Plateau der Klippe ist ganz

zugeschneit gewesen, und die Schneedecke mit ein paar Fußspuren war vom Wind derart geschliffen geworden, dass der Anblick ihrer Oberfläche genau dem des Faustkeils entsprochen hat. Hinter dem Hauptturm ist die Sonne schon knapp über dem Horizont gestanden. Ich habe mich auf eine niedrige Ziegelmauer am Rand des Abhangs gestellt und in die Weite geschaut. Mir ist nicht kalt gewesen, eher ist es ein fiebriges Gefühl gewesen, gemischt mit einem körperlichen Unwohlsein, das mich zum Zittern gebracht hat. Immer noch konnte ich das Wort „Architektur" nicht aus meinem Kopf kriegen.

Als ich nach einer Weile des Dastehens-und-in-die-Gegend-Blickens irgendwo einen Hund bellen gehört habe, ist dadurch etwas in mir in Gang gesetzt worden. Obwohl das Bellen von unten, aus dem Dorf, gekommen ist, habe ich mich kurz wie ein auf frischer Tat erwischter Einbrecher gefühlt. Ich habe auch ein Dröhnen in meinem Inneren bemerkt, wie ein Seismograph, dessen Nadel von einem kommenden Erdbeben zum Ausschlag gebracht wird. Ich habe mich noch näher an den Abgrund gewagt, aber bin zurückgewichen, weil die Tiefe mich geradezu anzog. Rechter Hand, im Nordwesten sind die Überreste einer Art Verteidigungsturm emporgeragt, und als ich hingegangen bin, ist mir auf einem Mauerstück zu meinen Füßen ein eingelassener Stein aufgefallen, ein Quader, in dessen Mitte ein Kreuz oder ein X eingraviert gewesen ist.

Plötzlich habe ich geahnt, was ich zu tun hatte. Ich habe, wie aus einer Eingebung heraus, den Faustkeil hervorgeholt und auf diese Markierung gelegt. Vielleicht würde ein Sonnenstrahl, der durch eines der drei Fenster am ehemaligen Burgturm fiel, etwas bewirken. Dann habe ich mich einfach daneben gesetzt, um zu warten. Nach unten blickend, habe ich einen Friedhof ausmachen können, und die angrenzenden Häuser anvisierend, habe ich unvermittelt daran gedacht, dass sich mein Kopf möglicherweise jetzt gerade im Fadenkreuz eines versteckten Scharfschützen befinde, und ich habe mich nach allen Seiten umgesehen und bin beunruhigt wieder aufgestanden und zur anderen Seite des Plateaus gegangen. Ich habe mich über die Felswand dort gebeugt, und just in dem Moment hat sich unter mir ein Falke vom Fels abgestoßen, und weiter unten haben sich mir die Zuschauerreihen einer Freiluftbühne und darüber auf einem Schild die großen Lettern „1001 Nacht" gezeigt, und ab diesem Zeitpunkt sind meine Gedanken in etwas umgeschlagen, das mich mir selbst ausgeliefert hat, sie haben sich gleichsam umgekrempelt und ihr Innenfutter gezeigt. Ich habe keinen einzigen klaren Gedanken mehr fassen können, und während ein Angstschauer in meinem Körper wie Kohlensäurebläschen in die Höhe schäumte, habe ich mich in der Vorstellung verheddert, mich selber in einen Hinterhalt gelockt zu haben.

Ich bin zu einem Unterschlupf gestapft, habe mich in den Schnee gesetzt und an die Mauer gelehnt. Mir ist auf einmal furchtbar übel gewesen, und ich habe überlegt, ob ich mich übergeben soll. Kennen Sie dieses Gefühl, wenn man nur noch ausrinnen will? Ich habe die Augen geschlossen und tief durchgeatmet. Als ich die Augen aufgeschlagen habe, habe ich mit einem Mal alles gelb gesehen, wie in einem Schwefellicht, und habe mir eingebildet, dass da noch irgendwer in meiner Nähe wäre, aber obwohl ich fast gierig nach allen Seiten geschaut habe, habe ich niemanden entdecken können. Ein Dröhnen in meinen Ohren ist immer lauter geworden. Es hat ein bisschen geklungen wie der anschwellende Applaus einer riesigen Zuhörerschaft. Kurz habe ich auch an das Netz von Satelliten denken müssen, das man in den letzten Jahren um die Erde aufgebaut hat, fällt mir jetzt wieder ein, und der Gedanke, dass es bald nirgendwo einen Platz unter freiem Himmel geben würde, in dem man nicht aufgespürt werden könnte, hatte gerade dort, an diesem exponierten Fleck am obersten Plateau der Staatzer Klippe, etwas besonders Unheimliches, das in mir den Wunsch wachgerufen hat, mich zu verstecken.
Plötzlich habe ich mir eingebildet, Schreie zu hören. Ich hatte Probleme damit, weiter Luft zu holen. Die Übelkeit ist in immer heftigeren Wellen gekommen. Ich habe mich aufgerichtet. Das Land um die Klippe herum hat sich mir rasend schnell

von allen Seiten genähert. Ich habe mich zur Mauer hin gedreht und meine Hände in die Steine gekrallt und solange an ihnen gekratzt, bis meine Nägel blutig gewesen sind. Der Boden hat gelebt, pulsiert, und die Fußspuren im Schnee haben andauernd ihre Positionen gewechselt. Ich bin zu diesem Mauerstück hin, unter dem es steil hinab ging. Ich weiß noch, dass ich den Gedanken hatte, dass ich, wenn ich den Blick nur weg in die Ferne hinein lenken würde, in Sicherheit wäre. Ich habe mich im Türkensitz auf der kleinen Plattform hingesetzt, wobei ich ständig das Gefühl hatte, das Plateau würde mich in den Abgrund kippen wollen. Und dann habe ich den Einfall gehabt, dass mir nur der Faustkeil helfen würde zu überleben. Ich bin zu der Stelle gekrochen, wo ich ihn zuvor abgelegt hatte, und habe ihn in die Hand genommen. Er hat ein bernsteinfarbenes Licht ausgestrahlt, war auf einmal ganz rund, ohne die scharfkantigen, herausgeschlagenen Mulden. Er war wieder ein vollkommen intakter Flusskiesel. Während ich ihn fasziniert angestarrt habe, habe ich ein Flattern vernommen, das immer lauter geworden ist. Ich habe im ersten Moment gedacht, ein großer Vogel würde sich nähern, und es sei sein Flügelschlagen, das ich da hörte, aber ich konnte keinen Vogel entdecken. Ich habe mich daraufhin regelrecht am Faustkeil festgehalten. Mein Herz hat so rasend schnell geschlagen, dass ich wie ein Motor vibriert habe. Ich habe eine eigenartige, verwehte Stimme gehört,

und kurz bin ich versucht gewesen, den Faustkeil einfach in den Abgrund zu werfen.
Plötzlich habe ich einen Knall gehört, vor Schreck musste ich mich krümmen, und eigenartigerweise habe ich mich schlagartig wieder nüchterner gefühlt. Auch das Rauschen in meinen Ohren hat augenblicklich aufgehört. Eine universale Stille hat mich umgeben. Meine Hand hat den Faustkeil immer noch umklammert. Die Übelkeit ist ein wenig verebbt, und mir ist auf einmal kalt gewesen. Ich hatte nur den Wunsch, irgendwo in Ruhe im Warmen sein zu können. Ich habe den Faustkeil in meine Manteltasche gesteckt, bin auf allen vieren ein Stück des Weges bergab gerutscht, bin dann auf die Beine gekommen und nach unten gelaufen. Einige Male muss ich ausgerutscht sein, denn als ich am Fuß der Klippe angekommen bin, sind meine Handballen aufgeschürft und blutig gewesen. Ich bilde mir auch ein, dass mir auf dem Weg irgendjemand entgegengekommen ist, aber das kann ich nicht mit Bestimmtheit sagen.

Ich denke zuweilen, dass ich eigentlich nichts dagegen hätte, allein auf der Welt zu sein. Das habe ich eine Zeitlang an Spielen wie „Myst" so gern gemocht. Da ist man auf einer Insel, weiß nicht, wie man dahingekommen ist, andere Menschen lassen sich nicht blicken, man sieht nicht einmal sich selbst, hört nur Geräusche, und die einzigen Lebewesen, die man bei diesem Spiel zu Gesicht

kriegt, sind ein paar wenige Tiere. Man ist allein, und man hat im Gespür, dass da einst jemand war, doch das ist lange her.

Auch etwas anderes fällt mir jetzt ein: Als Kind habe ich mich eine Zeitlang gefragt, ob es nicht der Fall sein könnte, dass andere Leute imstande sind, meine Gedanken zu lesen. Um es darauf ankommen zu lassen, habe ich damals oft, wenn ich mit einer Person zusammen war, beispielsweise meinem Vater oder meiner Mutter, meinem Empfinden nach möglichst haarsträubende Dinge gedacht und dann beobachtet, ob die Regungen der jeweiligen Person darauf schließen lassen konnten, dass ihr meine Gedanken nicht verborgen geblieben sind.

Aber um zum Ende zu kommen: Ich bin also einigermaßen außer mir den Weg von der Ruine hinuntergelaufen, habe mich ins Auto gesetzt und versucht, mich zu beruhigen. Ich habe nicht gewusst, was ich tun musste, wo ich hin sollte. Ich habe es dann geschafft, den Wagen zu starten und im Schneckentempo bis zu der Klause unten an der Hauptstraße zu fahren, dort bin ich nach rechts abgebogen, aber es war mir nicht länger möglich, das Auto zu lenken, und so bin ich vor der Bankfiliale, die sich dort befindet, stehengeblieben und habe den Schlüssel aus dem Zündschloss gezogen. Mein Bedürfnis danach, mich irgendwo hinzulegen, mich zu verstecken, mich irgendwo zu verkriechen, wie es verwundete Tiere tun, ist über-

wältigend gewesen. Mir ist noch immer sehr kalt gewesen, und ich habe mich gezwungen, einen Schluck Wodka zu trinken, und es hat mich für ein paar Momente ernüchtert, und in diesen klaren Sekunden habe ich gedacht, dass ich fliehen müsse, dass ich fliehen und mich verstecken müsse, und ich bin aus dem Wagen raus und langsam wie ein alter Mann auf die Bank zu, und ich habe es geschafft, meine Bankomatkarte aus dem Portemonnaie zu fingern, habe sie bei der Eingangstür durch den Erkennungsschlitz gezogen, und die Türen haben sich geöffnet. Beim Eintreten bin ich einige Sekunden lang an der Vorstellung hängengeblieben, in ein Raumschiff einzusteigen. Die Schiebetür ist hinter mir zugefahren, und ich habe ein Lachen gehört, aber niemanden entdecken können, der Schaltervorraum ist leer gewesen. Ich habe mich dann in den Sessel gesetzt, der da vor einem Tisch mit einem Computer und einem Telefon gestanden ist, und durch die Auslage nach draußen geblickt. Hin und wieder ist ein Auto vorbeigefahren, und ich bin mir mehr und mehr wie in einer Höhle vorgekommen. Jedes Mal, wenn ich auf die gelbgestrichene Foyerwand rechts vom Eingang geschaut habe, war ich nicht sicher, ob die Wand nicht vielleicht doch weiß war und sie mir nur jetzt, in meinem Zustand, gelb erschien. Die Wand hinter mir ist dagegen so rot gewesen, dass ich mich davor gefürchtet habe, mich zu ihr hinzudrehen. Es ist mir vorgekommen, als würde sie Hitze

ausstrahlen. Auch die schwarze Mattscheibe des Computers vor mir hat mir Angst eingejagt, sie könnte ohne Vorwarnung plötzlich explodieren. Ich habe den Faustkeil aus dem Mantel gezerrt und ihn an meine Schläfe gehalten, als würde er mir sagen können, was ich zu tun hätte. Ich habe für einen Moment gehofft, alles würde gut werden, habe ein paar Sekunden lang sogar erwartet, dass sich gleich die automatische Tür öffnen und ein Retter, ein guter Geist hereinkommen würde, um mich abzuholen, um mich irgendwohin mitzunehmen, vielleicht nach Helfens, ins Haus meiner Großeltern, aber schon im nächsten Moment habe ich wieder gewusst, dass sich nichts Derartiges abspielen würde. Genau in dieser Sekunde ist mein Blick auf eine Broschüre neben dem Computer gefallen, wo ich fettgedruckt den Werbeslogan für ein Vorsorgepaket gelesen habe: „Ist mir meine Zukunft wichtig?" Und mit einem Mal, als wäre durch diesen Satz ein Schubwerk in mir in Gang gesetzt worden, bin ich aufgestanden, habe den Faustkeil wie eine Waffe gepackt, mich umgedreht und vor die Wand gestellt, die mir so bedrohlich rot erschienen ist. An den genauen Ablauf kann ich mich nicht erinnern, aber Sie können sich ja die Bilder der Überwachungskamera ansehen. Jedenfalls muss ich den Faustkeil so lange gegen die Wand geschmettert haben, bis er – wie entlang einer Sollbruchstelle – genau in der Mitte entzwei gegangen ist, dann habe ich wieder in dem Sessel

Platz genommen, mit der Befriedigung im Körper, meine Aufgabe erledigt zu haben. Das Bild ist noch in meinem Kopf vorhanden, wie ich die zwei Hälften des Faustkeils in meinen Händen gehalten habe und dabei von einem demiurgischen Gefühl wie erleuchtet war. In meinen Gedanken ist die Vorstellung von den abertausenden Jahren Dunkelheit herumgewirbelt, die in diesem Stein gewesen sind, bis ich gekommen bin und ihn gespalten habe. Ich bin es gewesen, der zum ersten Mal Licht in sein Inneres fallen habe lassen. Aber ich bin zugleich auch auf die Idee gekommen, dass mir das alles vielleicht nur eingeredet wurde, dass es das Programm war, das mich alles, was ich tat, tun ließ. Kurz habe ich die frischgebrochenen Stellen an meine Lippen geführt, um ihre Kühle zu spüren, und bin mit der Zunge über den Stein gefahren, dann habe ich die beiden Bruchstücke aneinander geführt und zusammengepresst, als würde der Faustkeil dadurch wieder intakt werden.
Ich habe anschließend die zwei Faustkeilfragmente vor mir auf den Tisch gelegt, den Hörer von dem Telefon abgehoben, den Knopf mit der Aufschrift „Außenleitung" gedrückt, und die einzige Nummer, die mir eingefallen ist, ist die der Zeitansage gewesen, und wie ich da in dem Sessel gesessen bin und die Stimme vom Tonband mir die aktuelle Zeit ins Ohr gesprochen hat, hat mich eine knöcherne Traurigkeit überwältigt, und ich habe mich auf den Boden vor dem Kontoauszugsautomaten gelegt,

und nach einer Weile, in der ich dagelegen bin und an die Decke des Raums gestarrt habe, sind meine Gedanken plötzlich wieder sehr klar gewesen, und ich habe mit einem Schmerz in der Brust wieder an meine verlorengegangene Sehnsucht denken müssen, und dass es wahrscheinlich nie mehr anders werden würde, und dann habe ich plötzlich etwas Feuchtes in meinen Ohren gespürt, und genau in diesem Augenblick, bevor ich mich noch fragen konnte, was das war, ist es mir wie eine lebensrettende Idee in den Sinn gekommen, dass es doch auch eine Sehnsucht ist, wenn man sich nach der Sehnsucht sehnt, und dass die Sehnsucht also vielleicht doch noch da ist, dass sie sich vielleicht die ganze Zeit über nur bedeckt und versteckt gehalten hat, und ich habe lächeln, fast grinsen müssen, und dann, als ich meinen Kopf zur Glastüre gedreht habe, habe ich draußen vor der Bank das Blaulicht gesehen.
Der Rest der Geschichte müsste Ihnen bekannt sein.

Ich weiß jetzt, dass man nicht verlorengehen kann in der Welt: Ich schließe die Augen und sehne mich danach, durch den Schnee zu laufen, das Stapfen meiner Schritte zu hören und das Knirschen der eisigen Schneedecke und mein Außer-Atem-Sein. Wenn ich mich umdrehe und zurücklaufe, möchte ich meine Spuren am Weg sehen. Ich möchte auch die Wolken sehen, die über die Landschaft schweben und ihre Schatten über die Erde ziehen. Ich

will auf dem zugefrorenen Fluss dahinschlittern. Und ich habe Sehnsucht nach dem Urwald. Ich werde mich hinter einem Baum verstecken, im Dickicht des Programms, solange ich möchte, und ich werde mich hinauswagen, sobald meine Neugier mir das vorschreibt. Ich werde über die Waldlichtung und den mittelalterlichen Dorfplatz gehen oder mit dem Auto auf dem Kamm eines Berges entlangfahren. Ich fühle wieder Sehnsucht, und deswegen ist alles sehr leicht.

Kennen Sie das, wenn bei einem Spiel alle Cheats freigeschaltet sind und man, mit unendlich vielen Leben versehen, tun kann, was man will? Das Spiel ist dann ein einziger Joyride, und man kommt zu keinem Ende. Man braust durch die Gegend, kann sich alle Träume erfüllen, kann sogar ein Flugzeug stehlen und in ein Hochhaus krachen lassen. Kurz davor hat man den Schleudersitz betätigt, und dann hängt man im Fallschirm und segelt über der Stadt, und wenn man Pech hat, segelt man der Verhaftung entgegen, und doch, es geht immer weiter.

Und das ist es auch schon. Ich habe nicht mehr zu berichten. Aber eine letzte Sache bin ich Ihnen noch schuldig, damit alles seine Ordnung hat und ich sozusagen mit ruhigem Gewissen dieses Spiel für beendet erklären kann. Ich lege Ihnen den Zettel mit dem Text meines Bruders bei, den ich in der Küchenkommode im Haus unserer Großeltern gefunden habe. Was Sie mit diesem Bericht und

dem Zettel anstellen, ist Ihre Sache. Aber was auch immer Sie tun, Sie müssen wissen, dass es ein Teil der Auflösung ist, den Sie in Händen halten:

Aufgewachsen bin ich in einem Schloss aus Vorhängen, umgeben von Mauern, mit wilden Tieren wie im Dschungel, rundherum ein Wassergraben, der mittlerweile trockengelegt und zugeschüttet wurde, mit einer Zugbrücke und einer Freitreppe, die heute zugewachsen ist; der Anblick all dessen ist mit den Jahren faserig und durchscheinend geworden wie ein alter Gobelin. Wie in einem Fuchsbau haben meine Träume Fluchtwege ins Mauerwerk gegraben. Mit der Zeit wurde das Interieur geplündert, die meisten Gänge zwischen den Zimmern sind eingestürzt und unpassierbar. Die Vorhänge sind abgenommen und zu Polsterüberzügen verarbeitet worden, die in Secondhandläden verstauben. Von außen ist kaum mehr etwas zu erkennen, nur im Winter, wenn die Blätter von Bäumen und Gestrüpp verschwunden sind, kann man, wenn man zu sehen versteht, hinter den Ästen und Zweigen die Risse in der Bausubstanz erkennen. In den ruinösen, desolaten Räumen sind heute allein Scherben und Schutt zu Hause, Taubenflügel und Fragmente vom Stuck. An den Wänden Kinderzeichnungen und Wörter eingeritzt, manchmal noch Überreste von Fresken, der Großteil von ihnen mit Slogans übermalt, ein jeder von ihnen ein Tor in eine andere Welt:

XAVER BAYER
Heute könnte ein glücklicher Tag sein
Roman, 192 Seiten, ISBN 978-3-902144-12-6

In Bayers Büchern, das macht sie so leicht und verstörend zugleich, werden keine Ideologien, keine Sinnhaftigkeiten bemüht, die Antwort auf den politisch-moralischen Fingerzeig ist Autoaggression und oft ins Lachhafte sich verkehrende Political Incorrectness. … Als Leser sieht man in Bayers Texten die kleinen Fussel und Härchen, blickt in die Lücken zwischen den Steinen, man wird süchtig nach soviel detailversessener poetischer Weltaneignung und Weltverweigerung. Bayer zeigt mit seinem Scharfblick, was evident ist, was wir oft nicht mehr zu sehen vermögen, weil es so offen zutage tritt.

Sabine Gruber

XAVER BAYER
Die Alaskastraße

Roman, 152 Seiten, ISBN 978-3-902144-53-9

In seinem wütenden Nihilismus, in seiner Radikalisierung des Ekels entwickelt Xaver Bayers Held weit mehr Weltbewusstsein als seine schnöseligen Generationsgenossen aus dem literarischen Pop-Sektor. Für diesen weltverneinenden Nachfahren des jungen Handke stellen sich keine Sekunden „wahrer Empfindung" mehr ein, sondern nur noch ein universell gewordener Ekel, ein absoluter Degout vor Dingen und Menschen, ein alles überstrahlender Hass, der zum «grossen muskulösen Freund» des Erzählers wird. Und doch gelingen diesem Erzähler Sätze von einer Intensität, wie sie in der jungen Literatur dieser Tage kaum anzutreffen sind.

Michael Braun, Basler Zeitung